U0140887

责任编辑：高　瑞　刘姗姗
责任印制：冯冬青


图书在版编目(CIP)数据

赢在未来：解码龙岗旅游/龙岗区旅游局编．—北京：
中国旅游出版社，2008．7
ISBN 978-7-5032-3490-3

Ⅰ．赢…　　Ⅱ．龙…　　Ⅲ．区（城市）—旅游业—经济发展—
研究—深圳市　　Ⅳ．F592．765．3

中国版本图书馆CIP数据核字（2008）第095792号




书　　　名：赢在未来：解码龙岗旅游
作　　　者：龙岗区旅游局
出版发行：中国旅游出版社
　　　　　　（北京建国门内大街甲9号　　邮编100005）
　　　　　　Http://www.cttp.net.cn　E-mail:cttp@cnta.gov.cn
　　　　　　发行部电话：010-85166507　85166517
设计制版：深圳市麟德殿广告有限公司
经　　　销：全国各地新华书店
印　　　刷：深圳市国际彩印有限公司
版　　　次：2008年7月第1版　2008年7月第1次印刷
开　　　本：168×228mm　32开
印　　　张：9.5
字　　　数：218千字
定　　　价：45.00元
ISBN　978-7-5032-3490-3

旅游目的地营销实务经典

# 赢在未来

## 解码龙岗旅游

龙岗区旅游局 编

中国旅游出版社

# （序一）

　　深圳市龙岗区地处深圳的东北部，东临大亚湾、大鹏湾，南接深圳经济特区，西连宝安，北通惠州和东莞市，拥有得天独厚的区位优势、储备丰富的土地资源、风光旖旎的黄金海岸和历史悠久的客家文化，是改革开放的热土和投资发展的理想之地。

　　建区以来，深圳市龙岗区委、区政府谋大局、抓大事，着眼长远，关注民生，使龙岗焕发出蓬勃生机。地区经济发展呈现又好又快的势头，形成了以工业为主导，现代物流、商贸、运输、文化产业、房地产、海滨旅游等现代服务业初具规模的外向型经济格局。2007年实现地区生产总值1279亿元，同比增长18%，一个产业发达、平安和谐、生态优美、人文荟萃的现代化新城区，正以其崭新的面貌，展示在世人面前。

　　国民经济的跨越式发展也给深圳龙岗旅游业的发展注入了生机和活力。1993－2007年，龙岗旅游从无到有，正从旅游资源大区向旅游强区快速转变，现已初步形成了独具特色的山海风光、客家民俗、历史文化、生态休闲的旅游格局。全区旅游接待人数从1993年的不到10万人次增长到2007年的730多万人次，旅游总收入从0.4亿元增长到41亿元人民币，旅游业已成为龙岗区国民经济发展速度最快的新兴产业之一。

　　先天的旅游资源为龙岗奠定了发展的基石，广阔的旅游市场给龙岗人提供了施展才华的舞台。面对全球化的挑战，对应城市化、现代化、国际化的发展，旅游产业需要在传统的运行轨迹上转型，才能顺应发展的需要。未来龙岗旅游业应把握2011年第26届世界大学生运动会主场馆落户龙岗的历史性机遇，通过"四个创新"，推进旅游业实现跨越式发展。一是创新发展业态，实现产品竞争力的增强。发展大运旅游，建设大运旅游目的地。提升度假旅游，打造休闲度假天堂。繁荣文化旅游，开辟人文旅游天地。推进乡村游，构建绿色旅游走廊；二是创新营销平台，实现客源市场的扩展。通过定位营销，以大运会为契机，借船出海，开展龙岗大运旅游主题促销，快速树立龙岗大运旅游形象品牌。通过定向营销，针对客源市场和目标城市，通过多种形式，实现资源共享、客源互通，建立区域旅游合作平台。通过定时营销，把节庆活动定期化，形成节庆品牌，提升龙岗知名度和影响力；三是创新开发模式，实现资源向资本的转变。整合旅游资源，变资源优势为产品优势，使之形成富有吸引力的产品卖点，进而转化为财富优势。坚持以规划和项目引领投资，强化"发展为上，投资为本"的理念，把推进项目作为重点来抓，全面推进旅游项目建设，积极探索资源＋资本的旅游开发模式；四是创新管理体制，实现服务水平的提升。首先是以大运为契机，启动大运旅游全行业技能培训，提升行业服务水平。其次是强化管理，规范旅游企业经营行为，净化旅游市场秩序，营造良好的旅游环境。

鉴于龙岗实践的需要，本书作者编写了这本著作，以期对旅游营销成功经验进行总结，对未来旅游营销如何谋势开展战略性规划和策略性部署。

本书是研究龙岗旅游目的地营销的著作，全书分为四个部分：一是成长篇，总结历史和现状，分析成功经验，发现营销机会；二是战略篇，从宏观层面选择营销战略；三是促进篇，从操作层面提出营销策略；四是大运篇，以"大运"实例策划营销方案。本书以城市旅游营销理论为指导，但在写作上又不局限于谈理论，而是针对龙岗的实际，以应用型的内容展示旅游营销理论，以操作性的策略服务龙岗旅游业。本书力图呈现理论的可信性、结构的合理性、形式的活泼性、文字的生动性等特色，用理论结合实际的内容使读者得到启发和借鉴。

本书可供城市旅游营销管理者以及旅游营销专业人员阅读参考。城市旅游营销是一个新的研究领域，是一个不断变化的实践舞台，需要在探索中丰富理论内涵，在实践中创新工作思路。在专家学者和广大旅游工作者的共同努力下，这一理论必将不断完善，并在旅游营销实战方面发挥越来越大的作用。

# 龙岗是一个美丽的地方
## （序二）

这里有中国最美的海岸，这里有广东最美的乡村，这里有深圳最悠久的历史……，这里就是龙岗，一个美丽的地方。

随着大鹏半岛在《中国国家地理》杂志举办的"中国最美的地方"评选活动中脱颖而出，以及半天云、坝光、鹏城、大芬等四个村落入选广东最美的乡村，龙岗的美丽以既张扬又内敛的姿态，开始慢慢地走入人们的视线。

龙岗的美丽在乎其自然，这里有着壮丽的山海风光。山海相连，蓝绿相映，到处散发着清新、释放着活力，既养生、又养眼。七娘山终年云蒸雾绕，山涧流水潺潺，春冬不绝，悬泉飞瀑，宛如仙境；马峦山拥有深圳最大的天然瀑布，山顶育有千顷梅林，每逢初春，暗香缭绕、山花烂漫；还有通体幽绿的园山，山虽不高，却有幽谷，水虽不深，也有流泉。蜿蜒绵长的海岸线，景色旖旎，散落其中的二十多处沙滩，水清沙白。微波荡漾的海面上，奢华的游艇、斑斓的帆板，在自由穿梭。踏着浪花朵朵、听着涛声阵阵、望着白云飘飘，恬静的心灵在与自然共语，博大的胸怀也展现着海纳百川的气度与风范。

龙岗的美丽在乎其朴实，这里有着深厚的文化底蕴。7000年历史的咸头岭新石器时代遗址延伸了本已久远的珠江文明，经历了600多年风风雨雨的大鹏所城，如今依旧巍然屹立在大鹏半岛，九龙海战的第一枪在这里打响，深圳抵御外敌的民族英雄史从这里书写，这里是"鹏城"之源，深圳的历史因它而厚重。这片东江流域的红色热土，还孕育着抗战时期东江纵队的成长和壮大，记载了先辈如火如荼的浴血征程。小小的大芬村，却在全世界溢出了光彩，小小的油画棒，却挥洒出一片大世界，一幅幅油画成为深圳文化的传递使者。

龙岗的美丽在乎其风情，这里有独特的客家风情。走进龙岗，一座座百年的客家大屋静静地在这里诉说着客家人的历史，在这里仿佛还可以触摸到汉文化在中原地区失传已久的古老传承，大万世居、鹤湖新居、龙田世居……一色的青瓦白墙，高大的木门，百转的回廊，幽深的天井，客家女人头上那顶代代相传的圆圆的凉帽，不知承载了多少勤劳与善良，凉帽下的那一张张脸，无论是历尽沧桑，还是千娇百媚，又吸引了世人多少惊羡的目光。只有这些善待文化传统的地方，才能赢得传统文化的青睐。

　　龙岗的美丽在乎其美食，这里是美食家的乐园。从金龟山村一直延伸到大鹏湾畔，公路两边林荫深处的农家院落里，你可以品尝到最地道的客家美食，刚出炉的窑鸡浓香四溢，新采摘的蔬菜娇嫩欲滴，自家磨的豆腐清香润滑，四周绿树掩映、溪水潺潺、蛙鸣蝉叫，让你远离烦嚣，品味自然。在南澳的街头，海鲜档比比皆是，在这里你绝对可以一饱口福，丰富的海产品在厨师精细的制作下，鲜咸适宜，极尽其味；水头的海鲜市场又是另一个世界，夏日的周末，这里人声鼎沸，大批食客慕名而来享受最原汁原味的海鲜，买的、卖的、煮的，交易声不绝于耳，这是一幅多么美妙的市井图画。

　　龙岗的美丽在乎其时尚，短短的十来年，这里就崛起一座现代新城，便利的道路网络，宜居的花园社区，良好的购物环境，到处都洋溢着幸福的笑脸。新年的音乐会，全球同步上映的大片，新上架的图书，在这里永远都有着其大批的追捧者。这里的人们崇尚运动，在体育中心，公众高尔夫球场、网球场、羽毛球馆、篮球馆、游泳池，到处都是矫健的身影，如果你看到一群小小自行车手在身边呼啸而过，千万不要奇怪，2011年的第26届世界大学生运动会将在这里拉开序幕。

　　龙岗的美是大自然的慷慨赠予，是历史长河的文化积淀，这种美汇集了自然与人文的精华，这种美是养在深闺的璞玉，需要龙岗人经过不断雕琢才能放出异彩，而旅游是释放这种美丽的最好载体，旅游产业在某种程度上也是一种美丽经济，只有通过它才能把美丽的资源转化为美丽的产品，因为旅游就是寻美，是享受美，美丽的地方就是旅游的好去处。

如何才能将这一份美丽呈现在更多人面前，多年来龙岗区旅游局一直致力于"以美丽为卖点"的多渠道、全方位组合营销，"用美丽聚集目光，让美丽营造环境"。通过结合国家"和谐城乡游"、"中国乡村游"等主题，推出"上山"、"下海"、"访古"、"逛城"、"赏画"、"品鲜"等旅游文化品牌，面向珠三角地区积极构建"蓝色"、"绿色"、"红色"、"古色"等特色旅游产品和线路支撑体系；通过举办"深圳滨海休闲旅游节"等旅游节庆盛事活动，吸引眼球，聚集人气；通过搭建龙岗旅游网，加强与主流媒体互动合作，推介旅游资源；通过"走出去、请进来"，先后在本地及周边主要客源地举行了多场旅游推介会，积极参加国内外各种旅游交易会，加强业界合作；通过组织粤港澳百家旅游运营商龙岗采风，使龙岗融入区域大旅游网络；通过组织广东文化名人画龙岗，提高旅游影响力；通过创作"美丽大鹏湾"旅游组歌活动，唱响龙岗旅游品牌。一系列的推介促销活动结出累累硕果，2007年，龙岗全年接待旅游人数已突破737万人次。

　　今天，龙岗区旅游局又提出了"推介美丽，营销龙岗"的旅游宣传战略，推出了《赢在未来：解码龙岗旅游》这本书，它是奉献给人们的龙岗旅游宝典，通过这本书，我们热切地希望能有更多的朋友了解龙岗的美丽。

　　朋友，龙岗已做好准备，请您快快出发，让我们在龙岗进行一个美丽的约会吧！

# 目录

# 二 战略篇　　81

# 三 促进篇　　151

龙岗的自然禀赋得天独厚，龙岗的社会文化底蕴深厚。占据天时地利人和的优势，龙岗的旅游夯实了发展的基石，为特区的崛起拓荒奠基，成为世人惊叹的奇迹。

改革岁月中的龙岗旅游是如何写就"春天的故事"？21世纪的大鹏湾边又将演绎出怎样的精彩？

忆往昔，论今日，憧明朝，借力扬帆蓄势发。

在回顾中总结成长的历程，在梳理中解读成功的经验，在思考中辨别前进的方向，为龙岗旅游振臂喝彩。

山海相连，人文舞动，心系一家。因着厚重的发展基石，因着大运会的发展契机，因着政民的鼎力支持，未来的龙岗旅游必将如巨龙凌空，翻腾巨澜！

期待着，孕育着……

成长篇

西涌沙滩　摄影：周洋

# 成长的平台
## 潜力无限的资源基础

　　龙岗，位于深圳市东北部，东临大亚湾、大鹏湾，西连宝安区，北靠惠州市、东莞市，南接深圳经济特区，地理位置得天独厚；龙岗更拥有无与伦比的自然环境和人文积淀，那山，那海，那城，衍化成"深圳美丽的后花园"，这一切为龙岗旅游业展翼高飞奠定了坚实的基础。

# 一、灵秀的山水

## （一）自然环境——天赋的灿烂

龙岗山海兼备，自然环境优越，全区面积844.07平方公里。

龙岗区依山傍海，大鹏半岛三面环海，海岸线长达130多公里，沙滩、岛屿、礁石、海蚀崖、洞、桥、柱等海蚀地貌发育完全，被誉为"中国八大最美海岸"之一。

龙岗地形东北高、西南低，地势属低山丘陵滨海区，区内最高峰是七娘山，海拔867米。属亚热带海洋性季风气候，年均气温22℃，最高气温36.6℃，最低气温1.4℃，年均相对湿度80%，年均降水量1933毫米，无霜期335天，常年主导风向为东南风。气候温和，春秋相连。

龙岗区盛产鲜活海产品和其他农副产品，其中荔枝、芒果、龙眼、金龟桔、龙岗鸡等享有盛名，特别是大鹏湾的四季海鲜，更是闻名遐迩。

## （二）秀倚南疆——马峦踏梅

风光明媚的马峦山是一个颇有人气的溯溪灵秀之地。占地50平方公里，海拔300～590米，云遮雾绕，水奇石怪，面临大、小梅沙，盛夏时山上温度比深圳市区低3℃，可登高、望海、赏梅、观瀑、溯溪，空气清新，自然风光得天独厚。马峦山现有4个观景区：红花岭水库梅园区，马峦山瀑布风景区，桔园、荔枝园风景区和峰顶梅园风景区。马峦山山峰资源有特色，观瞻丰富，景观价值较高，有独特的客家旧式民居村落建筑，春可赏花，夏可观瀑、溯溪，秋可品果，冬可观梅，四季景色，变幻多端。

马峦山之恋　摄影：周洋

### （三）峻美幽雅——七娘仙踪

深圳第二高峰——七娘山，海拔867米，正像一个美得不可方物、却神圣不能高攀的女子一般。她的美让人如痴如醉，古林浓郁，空气清新，山风吹过，林涛阵阵。而七娘山的险峻也是出了名的，晴朗的天气都能见到阵阵云雾弥漫，让七座山峰时隐时现，扑朔迷离。只有抱着一颗虔诚的心，历尽辛劳，她才会将最迷人的微笑展现在你眼前。所以有一句很经典的话评价七娘山：看着都晕。爬呢？试过才知道。

七娘仙踪

## （四）地老天荒——坝光寻梦

坝光村是让时间天荒地老的地方。这片未被人为过多侵蚀的天然之地，不仅聚集了任何一棵树龄都达百岁的古树群，还幸存了世界上仅中国、日本、印度才有的珍稀树种。而整个村子似乎都隐藏在银叶树的绿荫里。离开坝光的树林几百米，就可看见绵延13公里的海滩，贝壳又大又多。如果能驾驶木船到海中央，亲手钓条鱼回岸上烧烤，天然野趣，是城市里永远所无法寻觅到的逍遥意境。

## （五）别有洞天——园山探幽

园山位于龙岗区横岗街道大康社区，占地10平方公里，山峦起伏，沟谷蜿蜒，植被基本保留自然生态。景区内海拔599米的园山主峰，与另一峰鹅公髻（海拔618米）相距1.58公里，两峰之间夹有大康溪谷和老虎沟两条山谷，这里地势险要，林木繁茂，幽深莫测，常年山水顺溪而下，每当山风袭来，林涛滚滚，如虎啸龙吟。通体碧绿的山麓，完全可以满足你寻幽探秘的好奇心。青青树林一丛一丛，穿行的小溪流水潺潺，水面犹如浮着一层白雾。美中更美的是园山瀑布，虽没有"飞流直下三千尺"的气势，但因为有了园山的清秀加上泉水的晶莹剔透，叮咚作响，"大珠小珠落玉盘"的意境跃然眼前。微风轻拂，水雾便弥漫开来，一直沁入你的心扉。

坝光远景　摄影: 洪南明

## 二、蓝色的故乡

### （一）黄金海岸——金沙戏浪

金沙湾海滨度假区与香港平洲岛隔海相望，是深圳市发展大旅游的重要基地，汇集了金沙湾旅游度假区、碧海湾海上运动俱乐部、鹏海山庄、云海山庄、大澳山庄等娱乐休闲场所。风情多样的金沙湾，是供人休闲、放松的绝佳地带。抛开一切烦恼，投入碧海怀抱，享受全然松弛。到碧海湾海上运动俱乐部乘游艇出海、潜水探险、垂钓寻趣，真真正正实现蓝色的梦想。盛夏的夜晚，您可以在鹏海山庄米色的海滨小屋里，倚在无尽海深边的露台，迎接大海的日出日落，斗转星移。而大澳山庄异国情调分外浓郁，度假、培训、疗养、公务接待最好不过。

### （二）凭海踏浪——溪涌沙滩

进入龙岗，首先能见到的就是溪涌的海滩。这里还处于半开发的状态，旁边修建了溪涌工人度假村及一个专家村，是一个非常舒适的海滨疗养胜地。漫步海滩，不会有太多人打扰，享受细沙、海浪，只偶尔能见到面临海浪沉思的人。海边上静静停靠着几艘古朴的木船，还有不知从何处飘来的若有若无的清新花香。

### （三）人海合一——东山珍珠岛

七娘山下的东山珍珠岛静静地矗立一旁，风景如画，更难得的是有一汪好水来养育珍珠的灵秀。了解珍珠可以先了解养珠工人。在东山海面中央，漂浮海上的简陋木房、辛勤忙碌的朴实养珠人、一条看到客人就格外兴奋的大黄狗，构成了"人海合一"的动人画卷。在这里才知道，一颗小小的珍珠需要四年的漫长时间来孕育，也许会让您更感觉到珍珠晶莹的难能可贵。身处海中央，视野更开阔，风光更壮美。海水清澈，海风拂面，让游人浮躁的心归于宁静。返程之时，还有纯正的珍珠首饰、让容颜更娇美的珍珠粉伴您归家馈赠亲友。

金沙湾 摄影：周洋

### （四）相邀听海——金水湾

真正的临海度假村，退潮涨潮时，海浪的拍打声就在耳畔。站在金水湾任何一套房子的阳台，视线正好就是海天一线处，那种眺望是对眼睛最好的犒劳。按捺不住，就向大海奔去，跑过布满海星海龟的草地，穿过摇曳的丛丛绿荫，心也在风口浪尖上飘摇。

### （五）浪漫情怀——桔沙望月

桔钓沙海滩弥漫的温馨和浪漫是别的海滩难以企及的。海滩并不十分宽阔，但有洁白如银的细沙，蔚蓝炫目的海水，海滩旁是一丛高高大大、郁郁葱葱的树林，名字也特别怪，叫木麻黄。温馨浪漫的源头来自桔钓沙海滩上漫步的对对情侣。牵手海边，窃窃私语；林中烧烤，喁喁细语。当然也可以两眼相望，默默无语，只追寻心中那份难得的平静。在这个连片片树叶都有着浪漫情怀的地方，有什么理由不来享受一段甜蜜时光？

### （六）东涌观潮——东涌

东涌位于龙岗区南澳街道，地处大鹏湾和大亚湾分界处，东、南二面均临南海，西面与西涌相连，北倚深圳第二高峰七娘山，与大、小三门岛隔海相望，这里潮流通畅，水质清澈，藻类丛生，鱼虾贝类品种丰富，盛产鲍鱼、海胆、紫菜等海珍。周边为丘陵地貌，人迹罕至，自然环境优美。东涌沙滩800余米，沙白水碧，清澈见底；沙滩地势平坦，围合形好，岬角分散于海湾两侧，玩累了，坐于其上，一个人静静地看海、听潮，是个不错的选择。坐在岩石上，两臂伸展，好像可以拥抱碧海蓝天、清风流云，天地万物尽入眼中；深深地吸一口气，海的气息扑鼻而来，咸咸的，淡淡的，直入胸臆，清爽宜人。

### （七）西涌听涛——西涌

西涌海湾（旧称西涌口海湾）位于龙岗区南澳街道西涌村，大鹏半岛最南端。海湾宽阔，向东偏南。背靠青山，层峦叠翠，面向碧海，波光粼粼。海湾内有5.1公里长的海滩，为深圳第一长滩。海滩上，沙滩宽阔，略有坡度；水质清澈，透明见底；沙质洁净，温软适中。沙滩背后，有三级分别高出海平面8.5米、10.9米、11.55米的沙堤，形成沙滩背后的一道弧形屏障。高沙堤背后是宽1.57平方公里的泻湖平原，有淡水涌、西涌两溪分别自东面和北面流入，然后从中部和西侧决沙堤而入大海。海湾腹地开阔，岸边分布有500多亩的木麻黄林和香蒲桃树林，青葱茂密，既是泻湖平原防风固沙的屏障，又是衬托沙滩的美丽背景。海湾两侧，有涌口头岬角和穿鼻岩岬角，涌口头岬角上有妈祖庙。岬角外450米处海中，有一高出海平面62米的赖氏洲，是龙岗区海域中最大的海岛。穿鼻岩岬角，为崖头顶伸入海中的山咀与惠州三门岛斜面相对，山咀上有一穿洞形如鼻孔，故叫穿鼻岩。人们可从穿鼻洞中走过腾石湾去，十分壮观。1970年夏天一个雷雨天，穿鼻梁被打断，形成现在的凹形。西边为墨鱼角，两边岩岸壁立，海边怪石林立，海水穿行其中，形如翠玉堆雪，声如钟鼓齐鸣，蔚为大观。

西涌

鹤湖新居

# 三、诗意的栖居

## （一）清代围屋传万代——大万世居

    大万世居位于坪山街道坪山墟西南的客家村，为古堡式客家围龙屋建筑，占地15000平方米。四面高高围墙相连的大万世居，于清乾隆年间由曾氏所建，屋前有禾坪，再前是半月形的池塘，算是比较古老的围屋了，四角还建有御敌的炮楼，围墙上也是以走马廊相通。大万世居世代相传，尊老爱幼，重典敬祖；逢年初一，联村参拜先祖；初二本村祭祖开年祈福；曾氏入闽赣粤重地而音不改；勤劳知书历百年沧桑而礼不变，是一座源远流长的文化堡垒。

### （二）客家建筑"活化石"——鹤湖新居
### （客家民俗博物馆）

建于清代嘉庆年间，距今已有几百年历史，仍保存着昔日的风范，一看就知道是大户人家的宅院。整座房子四面被墙壁包围，民居的建造似"回"字形，虽经岁月洗礼，但气势如常。在房子里面走走停停，回看门亭上精细的雕花，品赏屋檐下挂着的红红的灯笼、巧秀的宫灯，使人仿佛置身于历史的画卷。偶一拐角，庭院深处见到一个小小的花园，孤芳自赏的美人蕉，摇曳招展的芭蕉，无人落座的石桌石凳，如同这所房子一样，孤独但不寂寞，仍在生命的河流里缓缓流淌。

### （三）艺术芬芳飘万家——大芬油画村

在工业聚集的龙岗布吉，绽放出一朵艺术奇葩，散发出馥郁的油墨芬芳，这就是大芬油画村。它最初是香港画商选定的一个油画生产地，如今已成为一个世界最集中的油画工艺品的生产基地，不能不说油画艺术与大芬缘分天注定。这里，每天都有画家的作品在大芬展览，一间间紧密相连的油画店面各具特色，相同的是店中的油画一样的精美，让人目不暇接。小小的广场充满着西洋风情，欧式的长凳、路灯加上摆满西洋风格的油画，置身其中恍如来到了欧洲的某个小镇。行走其间的，却是慈眉善目的东方老人，咿呀学语、活泼可爱的中国娃娃，在这个放飞艺术梦想的地方，艺术和生活是那么的和谐。

### （四）丰收喜悦的田园——碧岭生态农业村

在这里最能体会到丰收的喜悦，30公顷的自然农场，生命的无限张力一览无余。放眼望去，菜蔬绿意盎然，充满生机和活力，成熟的果实鲜艳欲滴，不忍品尝。"采菊东篱下，悠然见南山"的田园风光并不为古人所独享，在碧岭，游人可以忘却钢筋水泥的一切，只嗅到泥土的芬芳，最真实的味道。

### （五）吉祥的龟背屋——龙田世居

龙田世居由黄姓客家人建于清道光十七年（1837），是龙岗地区目前保留最为完整的客家民居之一，也是深圳市保存最好、艺术价值最高的一座大型客家围屋。整个建筑造型别具特色，规模气势宏大，内部结构严谨，围前有类似护城河的池塘，半圆形的河岸与外墙形成"龟背状"图案，为各地土楼所少见。

### （六）小康典范——南岭村

龙岗的村落不仅为数众多，而且各具特色。在深圳经济的蓬勃发展之中，龙岗人发挥聪明才智，把自己的家园建设得红红火火。花园般的村庄、世外桃源般的村庄、都市化的村庄、充溢艺术气息的村庄……对于它们，游客的惊叹一定不会吝啬。"中国第一村"南岭村，是江泽民和胡锦涛两任总书记都亲自到访之地。由过去人称"鸭屎围"到今日尊奉"第一村"，必有过人可叹之处。它的繁荣已不能用"村"的概念来称谓，已全然是一个繁华的城镇，没有半点村落的感觉。一进村口，就会看到江泽民和胡锦涛到访南岭时的精彩瞬间，村中绿树鲜花环绕、商场林立、工厂云集，一派繁忙有序的景象。

### （七）渔歌唱晚——南澳月亮湾

南澳月亮湾已是尽人皆知的风情渔港。一边是渔民的现代民居，另一边就是停泊着各式渔船的海面。站在海边，远望是星星点点，美如图画；近观，则有股想随意跳上一艘绝尘而去，与水天融为一体的冲动。仙境般的宁静，偶尔会被游艇的破浪之声击碎，拉你回凡尘。最美的南澳是在黄昏，斜阳西下时，映射出金黄的光芒，海天一色，让人慨叹落日的壮观。

渔歌唱晚　摄影：张健伟

半天云村　摄影：周洋

# 四、休闲的天堂

## （一）喧闹中的超脱——半天云（世纪海景高尔夫）

半天云村很美，飘浮在半山上，笼罩在云雾下，一个很小很清静的村落。村口的古树格外古朴，枝繁叶茂。房子不多，皆由青砖建造，石板铺就小路，宛如世外桃源一般。每家每户都堂上悬镜驱鬼邪，门前蹲狗护家业。偶尔一间房屋里传出动感音乐，划破了半天云的宁静，琴瑟和谐，动静相宜。与半天云村一墙之隔的就是碧草如茵的世纪海景高尔夫俱乐部，怡情而优雅的人们置身如画的风景中，看看都是一种享受。这个建在半山上的高尔夫球场，远离了尘世的喧嚣，如水的日子在这里流淌，似乎不会留下任何痕迹。三五好友相邀来世纪海景彻底放松，享受闲情逸致，一起挥杆击球，共度精彩人生。

## （二）清悠自得——正中高尔夫球会

这里最出彩的就是满眼翠色。绿色养眼的草坪自是不可少，球场一圈儿围着的全是挺拔的棕榈树，最难得的就是中央还包围着一弘清澈碧绿的湖水，清风徐徐，波光粼粼，在这样的环境下打球，怎能不是种享受？踏着木质小桥到湖的岛中央，除可以欣赏挥击者精彩的球技外，还可以独坐一隅，把竿垂钓，清闲自得，既坐收风景，又点缀风光。

## （三）演绎现代神韵——龙城飞歌

龙岗中心城是龙岗政治、经济、文化中心，属于深圳八大卫星城之一，而且是龙岗迈向城市化的先行城区，中心城已成为龙岗国际化中心城区的重要标志之一。1998年，15万平方米的龙城广场面世，龙岗中心城成为万众瞩目的焦点。以居住为核心的中心城的规划建设，有着国际先进的规划理念，具有高起点的配套设施、高效率的交通系统、高层次的产业结构。中心城内的龙潭公园绿意盎然，水波粼粼，园内建有大型风筝广场、休闲健身广场、八角亭、湖心亭等，自建成后一直是市民休闲健身的好去处。体育公园设有高尔夫、篮球、网球、排球、羽毛球、乒乓球、游泳及自行车等多个体育项目地。公园内的公众高尔夫球场依山而建，傍水而建，是国内第一家公益性的公众型高尔夫球场。

## 五、 新城遗古韵

### （一）古韵飘香——大鹏所城

弥漫着古韵古风，有着几百年历史的古代城镇，如今仍然人流不息，充满活力；六十多间围屋，每一间都有其自身特色，等待着游人的赏阅。您不妨亲自走一趟，吹一吹围墙弄堂里回旋的古韵古风，体味历史沉淀的沧桑。龙岗大鹏所城历史悠久，它是深圳唯一一个国家重点文物保护单位，鹏城之源，最初在明代是为抗击倭寇而建，到清代被"三代五将"的赖氏一家相中，聚集了不少将军府第。更鲜为人知的就是鸦片战争的第一枪也是由所城驻军在香港九龙打响。古城分东西南北四个城门，最有看头的就是赖恩爵将军第，进南门向右转就是了。屋檐建有门帘雕花绣梁，厅堂房屋极多，门前有威武石狮镇守，将门之风，展露无遗。漫步整个古城，石板路在脚下发出清脆的叩响，不经意间会从哪户人家窜出几只小猫在游人身边嬉戏，母鸡也在巷中自由地昂首阔步……好一派惬意的所城风光！

### （二）红色流芳——坪山东江纵队纪念馆

坪山东江纵队纪念馆于2000年5月建成，占地面积5000平方米，建筑面积1500平方米。由大厅、展厅、文物厅、烈士芳名碑组成。展厅共分十三部分，形象地展示了东江纵队和两广纵队、粤赣湘边纵队南北征战的史迹，是弘扬中华民族爱国主义精神，对青少年进行革命传统教育的基地。

### （三）爱国基地——东纵司令部旧址

隐蔽在土洋村不起眼角落里的东纵司令部，旧址原为意大利人的天主教堂，经修复已恢复原貌，屋前龙眼、乌柏、笔管榕等古树历经硝烟，仍青翠苍郁、枝繁叶茂。东江纵队在抗日敌后游击战、营救爱国民主人士等方面做出了不可磨灭的贡献。旧址的展览厅里摆放着一件件记载东纵英雄、传奇的物品，深具纪念意义和教育意义。

客家古围

东纵爱国主义教育基地　摄影：周洋

下沙海滨旅游度假区

# 回顾与展望
## 发展中的龙岗旅游业

　　龙岗建区以来，区委区政府积极发展旅游产业，大力推介"山海"旅游产品，从而掀起了深圳东部旅游热潮，旅游业取得快速发展。龙岗区旅游局加强对旅游市场的规划与有效管理，精心组织了一系列旅游促销宣传活动，有效带旺了旅游市场，游客纷至沓来，龙岗旅游事业蒸蒸日上。

## 一、奠定基础：旅游经济的发展

### （一）旅游业收入持续增长

2007年，龙岗区实现旅游业收入41.80亿元，比上年增长15.5%。其中国内旅游收入34.01亿元，占总收入的81.36%，同比增长16.4%；国际旅游收入为7.79亿元，占总收入的18.64%，同比增长11.9%。

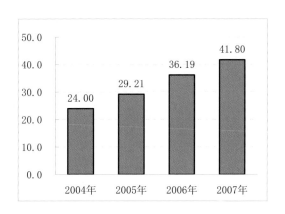

图1-1 2004-2007年龙岗旅游收入的增长情况（亿元）

表1-1 2007年龙岗区旅游业总收入构成

| 项目 | 计算单位 | 金额 | 所占比例(%) | 同比(%) |
|------|---------|------|-----------|---------|
| 旅游业总收入 | 亿元（人民币） | 41.80 | 100.00 | 15.5 |
| 国内旅游收入 | 亿元（人民币） | 34.01 | 81.36 | 16.4 |
| 国际旅游收入 | 亿元（人民币） | 7.79 | 18.64 | 11.9 |

从旅游业收入结构来看，商品性收入为19.32亿元，占总收入的46.22%，同比增长17.7%；劳务性收入为22.48亿元，占总收入的53.78%，同比增长13.6%。

在商品性旅游收入中，商品销售收入为10.58亿元，占总收入的25.32%，居花费六要素之首，同比增长17.8%；餐饮销售收入为8.74亿元，占总收入的20.90%，位居花费六要素第二，同比增长17.6%。

在劳务性旅游收入中，交通和住宿方面收入分别为6.16亿元和5.34亿元，分别占旅游总收入的14.74%和12.77%；娱乐和景点游览收入分别为4.47亿元和2.53亿元，分别占总收入的10.71%和6.05%。与去年同期相比，娱乐和景点游览收入分别增长了13.6%和24.6%。

表1-2 2007年龙岗区旅游业收入构成比例

| 序列 | 项目 | 旅游业总收入 | | | 国内旅游收入 | | | 外汇收入 | | |
|---|---|---|---|---|---|---|---|---|---|---|
| | | 金额 | 比例 | 同比 | 金额 | 比例 | 同比 | 金额 | 比例 | 同比 |
| | | 亿元 | % | % | 亿元 | % | % | 亿元 | % | % |
| 一 | 商品性收入 | 19.32 | 46.22 | 17.7 | 16.15 | 47.49 | 20.0 | 3.17 | 40.70 | 7.8 |
| 1 | 商品销售收入 | 10.58 | 25.32 | 17.8 | 8.90 | 26.16 | 20.9 | 1.69 | 21.64 | 4.7 |
| 2 | 饮食销售收入 | 8.74 | 20.90 | 17.6 | 7.25 | 21.32 | 18.9 | 1.48 | 19.06 | 11.6 |
| 二 | 劳务性收入 | 22.48 | 53.78 | 13.6 | 17.86 | 52.51 | 13.2 | 4.62 | 59.30 | 14.9 |
| 1 | 住宿 | 5.34 | 12.77 | 10.7 | 4.15 | 12.21 | 9.3 | 1.18 | 15.21 | 16.2 |
| 2 | 长途交通 | 6.16 | 14.74 | 16.5 | 4.93 | 14.50 | 17.1 | 1.23 | 15.78 | 14.9 |
| 3 | 景点游览 | 2.53 | 6.05 | 24.6 | 2.39 | 7.02 | 23.7 | 0.14 | 1.82 | 41.8 |
| 4 | 娱乐 | 4.47 | 10.71 | 13.6 | 3.19 | 9.39 | 12.1 | 1.28 | 16.45 | 16.5 |
| 5 | 其他 | 3.98 | 9.51 | 7.5 | 3.19 | 9.39 | 7.2 | 0.78 | 10.04 | 8.6 |
| 三 | 合计 | 41.80 | 100.00 | 15.5 | 34.01 | 100.00 | 16.4 | 7.79 | 100.00 | 11.9 |

## （二）国内旅游收入快速增长

2007年龙岗国内旅游收入为34.01亿元，占旅游总收入的81.36%，比2006年增长16.4%。其中商品性收入为16.15亿元，占47.49%，同比增长20.0%；劳务性收入为17.86亿元，占52.51%，同比增长13.2%。

### （三）海外旅游收入大幅度提高

2007年龙岗区共接待海外旅游人数为51.05万人次，比2006年增加了7.37万人次，上升幅度16.9%。其中海外旅游者（过夜游客）31.99万人次，比上年增长了11.5%；一日游游客为19.06万人次，比上年增长了27.3%。

## 二、积聚人气：旅游市场的拓展

### （一）游客接待量大幅增长

2007年龙岗区共接待海内外游客737.58万人次，其中一日游游客475.34万人次，占64.4%，比上年增加了68.46万人次，上升幅度16.8%；国内一日游游客为456.28万人次，海外一日游游客为19.06万人次，分别比2006年增长了16.4%和27.3%。

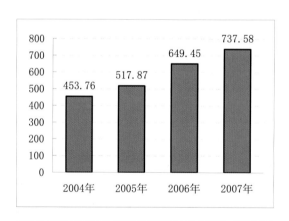

图1-2 2004-2007年龙岗接待游客的增长情况（万人次）

### （二）国内旅游市场持续兴盛

1. 国内游客保持旺盛的增长势头

随着龙岗旅游资源的吸引力与影响力逐步增强，以及交通配套设施的不断完善，游客出游更加方便，龙岗休闲度假旅游目的地的形象更加深入人心，周边游客更乐意选择到龙岗短线游。因此，目前龙岗一日游游客数量增长较快。

表1-3 2007年国内游客接待人数情况

| 指标 | 单位 | 2006年 | 2007年 | 同比（%） |
|------|------|--------|--------|----------|
| 国内游客 | 万人次 | 605.77 | 686.53 | 13.3 |
| 过夜游客 | 万人次 | 213.91 | 230.25 | 7.6 |
| 一日游游客 | 万人次 | 391.86 | 456.28 | 16.4 |

## 2. 国内客源市场以周边地区为主

国内游客的来源分布以周边地区为主，来自龙岗本地游客及深圳本市游客占六成多；广东省外的国内游客占17.9%，而广东省内的游客占17.3%。

湖南是省外最大的客源市场，占省外游客总数的19.4%；湖北其次，占省外游客的15.1%；四川、江西、广西和河南位居省外客源市场第三至六位，所占的比例分别为13.1、11.5、9.1%和5.9%。

邻近五省游客比重有所上升。从距离龙岗远近的省份来看，邻近广东省的海南、广西、湖南、江西、福建五省游客占来龙岗省外游客总数的45.2%，同比上升了1.8个百分点。距离龙岗稍远的云南、四川、贵州、重庆、湖北、安徽、浙江和上海八省市游客占来龙岗省外游客总数的39.1%，同比上升了4.7个百分点。

东莞是省内游客最大的客源市场，占省内游客总数的24.2%；广州游客占省内游客总数的20.8%，为省内第二大的客源市场。惠州、中山、佛山和河源的游客分别占11.4%、7.1%、5.8%和5.5%，位居省内客源市场第三至六位。

经济发达的珠江三角洲游客比重上升。2007年，省内游客中，来自中山、珠海、江门、佛山、广州、东莞和惠州7个市所占省内游客比重为75.3%，同比上升了10.1个百分点。

金沙湾

## （三）海外旅游市场潜力巨大

### 1.海外游客人数成高速增长态势

2007年龙岗区共接待海外旅游人数为51.05万人次，比2006年增加了7.37万人次，上升幅度为16.9%。其中，海外旅游者（过夜游客）31.99万人次，比上年增长了11.5%；一日游游客为19.06万人次，比上年增长了27.3%。

### 2.海外游客主要是香港同胞

来龙岗旅游的海外游客中，中国香港特区游客占最大比重，为70.9%，来自中国台湾省、日本、中国澳门特区和韩国的游客，分别占11.4%、5.9%、2.0%和2.1%，其他国家和地区的游客所占比例较小，为7.7%。

与去年相比，来龙岗旅游的海外游客中，来自中国台湾省和日本的游客分别上升了2.9和2.4个百分点，来自中国香港特区的游客下降了8.5个百分点。

表1-4 2007年海外游客接待人数情况

| 指标 | 单位 | 2007 年 | 2006 年 | 同比(%) |
|------|------|---------|---------|---------|
| 海外游客 | 万人次 | 51.05 | 43.68 | 16.9 |
| 过夜游客 | 万人次 | 31.99 | 28.7 | 11.5 |
| 一日游游客 | 万人次 | 19.06 | 14.98 | 27.3 |

## （四）旅游发展特点明显

### 1.来自周边地区的一日游持续升温

2007年龙岗区共接待海内外游客737.58万人次，其中一日游游客475.34万人次，占64.4%，比上年增加了68.46万人次，上升幅度16.8%；国内一日游游客为456.28万人次，海外一日游游客为19.06万人次，分别比2006年增长了16.4%和27.3%。游客构成的本地化和周边化，以及一日游市场的升温，显示出龙岗已初步成为本地及周边地区市民短途出游的主要目的地。

### 2. 游客在龙岗的旅游消费持续增加

游客在龙岗的人均消费为564.27元，其中来龙岗的旅游者（过夜游客）的人均消费为1254.09元，一日游游客的人均消费为179.18元，上升幅度12.6%。

与去年同期相比，游客的人均消费同比（568.45元）基本持平，旅游者的人均消费同比（1306.48元）下降了52.39元，下降幅度9.2%，一日游游客消费同比（158.52元）上升了20.07元，上升幅度12.7%。

游客在龙岗的人均消费中，购物和餐饮消费比重最大，分别占24.73%和20.91%；交通、住宿和娱乐也占了一定的比重，分别为14.44%、12.26%和13.31%。

### 3. 生态休闲游十分火爆

随着龙岗旅游资源的合理开发和配套设施的日益完善，龙岗已成为周边居民休闲放松的好去处。具有观光度假、科普教育等多重功能，以欣赏自然、不破坏其生态平衡为基础的生态游、乡村游，成为人们热衷的新兴项目。龙岗区旅游局抓住生态休闲旅游这一新兴潮流，2007年组织了一系列生态游、乡村游项目，以大鹏半岛为核心，坝光出海、园山登高、七娘山探险、大鹏古城访古、金沙湾戏浪等一系列旅游主题的强力推出，人文景观与自然景观交相辉映，吸引了众多游客前来观光游览和休闲度假。调查显示，游客来龙岗旅游主要是为了观光游览、休闲度假，其比例高达75.4%，同比上升了6.4个百分点。据大致测算，2007年约340万人次的深圳本地居民在龙岗观光游览、休闲度假，市民利用节假日到龙岗旅游已成为新的时尚，这说明龙岗旅游资源具有较强的吸引力，并拥有庞大的客源市场。

### 4. 家庭亲情游成为出游的主力

在稳步增长的旅游市场中，团体旅游不温不火，而家庭亲情自助游越来越受欢迎。在不少游客看来，跟团旅游虽有价格便宜、省心省力等优势，但约束太多。在繁忙的工作中解脱出来，与亲朋好友一起出游，愉悦身心，不仅花费少，更重要的是在旅途中增进了与亲人、朋友的交流，联络了感情。调查显示，2007年，九成的游客选择个人或与亲友结伴的方式出游，只有一成的游客参加旅行团。调查显示，62.8%的游客是家庭或与亲朋好友一起出行，同比增长3.2个百分点，个人旅行占27.1%，同比下降了2.7个百分点。个人或与亲友结伴两者构成游客出游市场的主体。单位组织和旅行社组织分别占7.9%和1.8%，同比均略有下降。

### 5. 自驾车旅游方兴未艾

游客抽样调查显示，大部分游客是乘车前来龙岗旅游，所占比例为59.9%。而自驾车一族也越来越多，游客选择单位或私人汽车出游的占26.4%，自驾车出游的比例有所增长。

自驾游、自助游的持续升温，一方面是由于出游机会的增多促使人们旅游观念发生根本的转变，越来越多的人选择一种更为放松和自由的方式度过自己的假期，而不愿受团体游的束缚；另一方面是媒体的宣传发挥了重要作用，2007年以来，区旅游局加大了宣传推介力度，在《深圳特区报》等主流媒体推出了一系列关于龙岗旅游的连续报道，让越来越多的人了解了龙岗的山海旅游资源。此外，区旅游局组织了一系列的旅游推广活动，也大大刺激了游客的出游热情。

### 6. 龙岗优美的山海资源倍受游客青睐

到龙岗观光游览、休闲度假的游客，他们对龙岗山水风光和黄金海岸等旅游资源十分的喜爱。在2007年，龙岗区旅游局举办龙岗"和谐城乡游"启动仪式，成功举办首届"深圳滨海休闲旅游节"，成功组织"粤港澳百家旅游运营商龙岗采风活动"，策划举办"龙岗旅游文化名人笔会"等一系列旅游活动，极大地拉动了旅游消费市场，游客纷至沓来。调查显示，78.1%的游客在龙岗游览了旅游景点，同比增加了8.1个百分点。在游客游览的景区景点中，具备观光游览、休闲度假等功能于一体的景点，如布吉求水山公园、金沙湾旅游度假区、园山风景区、龙园等较受游客喜好。此外，游客最感兴趣的旅游资源是山水风光和海滩，其提及率分别为47.7%和34.4%。

# 三、日趋完善：旅游服务的提升

## （一）宾馆酒店的接待和经营

2007年龙岗区宾馆酒店共接待游客83.48万人次，同比增长了9.0%，其中，国内旅游者69.15万人次，同比增长了10.5%；海外旅游者14.33万人次，同比增长了2.4%。粗略估计，酒店营业收入8.90亿元，同比增长了11.9%，其中，国内旅游收入6.72亿元，同比增长了12.8%，海外旅游收入2.18亿元，同比增长了9.3%。

## （二）景区景点的接待和经营

龙岗区主要公园和旅游景区(点)共接待游客511.60万人次，同比增长10.0%，其中，接待国内游客495.49万人次，同比增长10.3%，接待海外游客16.11万人次，同比增长1.2%。景区景点实现旅游收入2.89亿元，同比增长了12.1%，其中，国内旅游收入2.60亿元，同比增长了11.9%；国际旅游收入0.28亿元，同比增长了14.6%。

## （三）服务质量稳步提高，接待能力逐渐提升

2007年调查显示，97.2%的游客认可龙岗的旅游服务质量。其中，有2.1%的游客对龙岗的旅游服务很满意，39.2%的游客表示满意，55.9%的游客表示基本满意，只有2.8%的游客对龙岗的旅游服务不满意或很不满意。与上年同期相比，表示满意的游客比重增加了0.5个百分点。近年来，龙岗利用全市开展"净畅宁"和"梳理行动"等整治活动，切实改善旅游消费环境，取得了很大成效，旅游接待能力逐步提升。

大鹏所城　摄影：黄剑威

鹿咀　摄影：李坚强

## 四、昂首向前：旅游事业的展望

行走在龙岗，未来是鲜活的：2007年1月17日凌晨那个激动人心的时刻犹在眼前，2011年流光溢彩、盛装亮相的大运中心，注定会让龙岗成为世界瞩目的焦点。

深圳市委市政府提出，要用后现代理念建设代表深圳21世纪发展水准的新龙岗。

21世纪的龙岗，正向着一个伟大的梦想奋然前行。若干年以后的龙岗，或许会让你想起"花园之城"曼彻斯特、"高端服务之城"迪拜、"万国建筑博览城"温哥华，抑或是澳大利亚的黄金海岸……但未来的龙岗也许与它们都不一样，走过一遭之后会发现，龙岗就是龙岗，一个和谐的龙岗，效益的龙岗，生态的龙岗，平安的龙岗。

在龙岗区旅游业"十一五"规划中，明确提出发展旅游业的指导思想，那就是：在深圳建设"国际性滨海度假旅游基地"和龙岗区"旅游兴区"的发展战略目标指引下，结合建设和谐社会和效益深圳的要求，坚持全面协调可持续发展的新的科学发展观，充分挖掘龙岗的海洋文化、历史文化、客家文化等文化内涵，树立龙岗"天赋山海的文化旅游目的地"的全新旅游形象，把龙岗区建设成旅游产品丰富、文化韵味浓厚、旅游经济实力雄厚的广东省重要旅游目的地。龙岗旅游规模和内涵正在从六个方面展开：

### （一）35个亿打造奥体新城，今天的大运会未来的奥运会

　　龙岗的发展有赖于深圳市整体发展目标的指导。在这个大背景下，龙岗得以修建轻轨地铁，承办2011年世界大学生运动会，政府方能注入35个亿建造奥体新城，彻底改变龙岗中心城面貌。龙岗要全面落实科学发展观，将龙岗打造成为代表深圳21世纪发展水准的现代化中心城区之一。按照"深圳2030城市发展策略"，深圳五个城市功能地区中，三个城市功能地区都与龙岗有关。未来龙岗区分为四大发展组团，龙岗中心城就叫"龙岗中心组团"，以大运会为契机打造服务中心组成核心城区。

### （二）改善环境质量，创建国家生态环保示范区

　　龙岗区的环境质量将真正迎来"拐点"，全区环境质量将由此走上全面提升的发展之路。

　　根据有关创建目标，作为国家级生态环保示范区，龙岗区内的龙岗、坪山河等主要河流污染状况得到有效改善，消除流经城区河段黑臭现象，所有地表水环境质量基本达到功能区标准；龙岗主干道两侧将成为生态景观通道，龙岗将实现蓝天拥碧水、空气常清新的生态自然风貌。

### （三）四大旅游区托起龙岗旅游产业

　　海洋与历史文化、客家围屋与生态农业、商贸与娱乐休闲、山地与景观旅游四大旅游主题促进龙岗旅游业完成质的飞跃。龙岗人生活在如诗如画的风景中，住海滨、观海景、吃海鲜、买海货，龙岗人将抓住承办大运契机展开文化之翼轻舞飞扬。

### （四）强化主场意识，提高文明素养

　　人文大运从"民"星义工行动开始，狠抓人文建设、繁荣文化市场、推进群众社区文化、搭建扶贫平台、长期开展关爱行动、创业带动就业、满足每一户群众的居家梦想。

## （五）借力大运会推行"大综管"建设新龙岗

全力推进"大综管"服务，建立街道社区"大综管"三级网络，提升区内居民平安幸福指数，全力构建治安防控体系，大手笔大气魄发展教育事业，开展精神文明建设，提升文明素养。

## （六）投资20亿打通135条断头路，促进经济腾飞

投资20亿倾力打造大运交通，四年后龙岗交通微循环彻底改观，轻轨地铁配合各级公路交通，立体化交通助推龙岗加速腾飞，确保龙岗高科技产业、科技创新能力、工业生产企业、经济文化产业、商贸经济商圈的全面崛起，确保用交通促进经济的全面发展。

山在招手，海在呼唤，龙岗的旅游正随着春天的脚步，向着光明前景迈进。

龙岗扬帆　　摄影：黄海奎

布吉新貌

# 有营才有赢
## 龙岗旅游营销经验解读

策动山川，划破云海，商海之战，谋者先行。天下潮流，浩浩荡荡，唯有谋势者才能站得高，看得远，高屋建瓴，纵横捭阖。龙岗旅游的推广犹如一场充满玄机的博弈之战，顺天时，量地利，善弈者谋势，有营才有赢。

# 一、龙岗旅游VI

2004年，凝结众人的智慧与灵感，我们提炼出一整套经典的《龙岗旅游VI手册》，龙岗旅游标志系统就此问世。

龙岗旅游标志凸显了龙岗旅游的精粹与特色，紧扣龙岗生态、人文和休闲的主题，诠释龙岗山海凝粹、古韵新貌的精髓，充分展示龙岗旅游整体形象，具有时代感、震撼力和感召力。画面构图简洁明快，色彩协调鲜明，有立体感，蓝绿色彩间传递出山海龙岗的概念。

本款标志彰显了龙岗独具特色的旅游文化，塑造个性独特的城市旅游形象，提高了市场竞争力，在消费者中获得了广泛认同。

标志释义：

logo主体形象采用两条洒脱、飘逸的抽象龙形演绎而成。

龙形：龙岗旅游主体资源山与海的走势形似飞腾之龙。采用书法体形式的"龙"形，大气、恢宏，既在传播上淋漓尽致的表现了龙岗旅游独特的视觉识别性，又以龙的自由奔放寓意游客在龙岗旅游时的闲情惬意，悠然自得。

色彩：采用极具亲和力的橙色和代表主体旅游资源山海的蓝绿渐变色彩，既让人舒心又有悠闲之感，也表现了龙岗的天赋自然特征。

龙形山海间——随意挥出的一道弧形，极其洒脱、轻松，象征着游客在龙岗旅游的自由随性和悠闲。龙形的默契组合，表现出整个龙岗就是一个自然纯净、具有文化底蕴的旅游揽胜之地，是让游人体味到无上悠闲、心境自由的自然之所。

龙飞九天——刚柔并济、简练而又凝聚内涵的"龙形"，暗藏了龙岗旅游事业一路奔腾向前的发展力量，体现了龙岗政府对提升龙岗旅游形象的支持与决心，寓示着龙岗的旅游事业必将蓬勃发展，成为未来深圳旅游的主角。

## 标准字

中英文标准字是形象识别系统中的基本元素，它能够单独出现在各种场合，以有效地传达单位讯息。使用时按纵横方向同比例放大或缩小。

K:100

◀ C:100 M:90　　C:50 Y:100　　M:30 Y:100 ▶

## 标准组合

完整的组合形式是由图形标志、英文标准字、中文标准字及标准色组成，是未来机关单位形象传播的主要形式。

## 二、龙娃献瑞：旅游吉祥物

2006年6月9日，龙岗区旅游局正式向社会公布了龙岗旅游吉祥物"吉祥龙娃"，这个活泼可爱、调皮中又略显憨厚的公仔娃娃一亮相，立刻受到了人们的欢迎。

由台湾同胞朱琼芳女士设计的"吉祥龙娃"是一个留着一小撮头发、有着大脑袋、花瓣状耳朵和鹿状犄角的坐姿娃娃，以自然色为基本色调，共有深绿、浅绿、蓝、黄和白五种颜色，分别代表龙岗自然风光的五大要素：森林、田野、海洋、阳光和沙滩。以五色作为主色调，既凸显了龙岗天赋自然的丰富旅游资源，又张扬了龙岗和谐时尚、充满活力的城市新形象。而之所以叫"吉祥龙娃"，是因为龙岗旅游代表着龙岗，而龙的故乡也在中国，此外"龙行千里，天下太平"，更是饱含对"吉祥龙娃"拥有者吉祥如意的祝福。龙娃不仅在"百名记者龙岗旅游采风活动"中带记者游龙岗，更使龙岗市民对龙岗旅游有了新的认识。

随后，与之配套的以吉祥龙娃为形象的《龙娃带您游龙岗》卡通旅游形象短片也推向市场。短片以龙娃这个可爱的卡通形象为主线，以六个镜头分别展现了龙岗旅游的六种风情，填补了深圳市区级旅游卡通形象的空白。

镜头一：蓝天碧海，山川葱茏，可爱的龙娃驾驶敞篷跑车飞驰而来，带出红色广告语："休闲度假哪里去？龙娃带你游龙岗！"

镜头二：环境幽美、规划宽阔的龙城广场，气势恢弘的腾龙雕塑矗立在广场中央，群鸽绕飞，一片祥和。身着功夫装的龙娃，精神抖擞，在草坪上练起了功夫。

镜头三：天高云淡，海天一色，白鸥竞飞，波涛声声，细浪卷金沙。景色如画的西涌海滩上，龙娃戴墨镜、着泳裤，轻松地躺在沙滩椅上，惬意地品味着手里的饮料，尽情享受着大自然阳光、海风与涛声的慷慨礼遇。

镜头四：湖光山色，空气清新，绿草如茵的草坪上，龙娃身穿高尔夫球衣，潇洒地挥杆击球，好不得意！龙娃优美可爱的姿势定格于青山碧水的美丽风景中化作一幅动人的油画。调皮的龙娃从油画中跳出来，来到了文化之村——大芬油画村。不愿稍停的他又拿起画笔涂抹起来。

镜头五：河中锣鼓喧阗，龙舟竞渡，桨起桨落，水花飞溅。河边彩旗猎猎，欢声如雷。龙娃穿着小背心，手舞小红旗十分投入地为龙舟大赛使劲加油。

镜头六：爆竹声声，辞旧迎新。舞龙舞狮，热闹非凡。焰火四射，七彩幻化。穿着唐装的龙娃在欢乐的节日气氛中，在客家围屋前提笔挥毫写春联。推出广告词："为美丽聚集目光，让目光传递美丽，龙岗欢迎您！"

吉祥物形象营销不仅让游客从龙娃身上得到活泼、动感、新颖的视觉旅游体验，更多地了解龙岗，也给龙岗的旅游事业带来新的飞跃，加强了龙岗形象的视觉冲击力。

龙岗旅游吉祥物——龙娃

南澳渔港

## 三、巧借东风：节庆活动大盘点

在龙岗，欢乐与您时刻相伴，精彩让您目不暇接。龙岗成功的节庆和盛事营销活动提供了可资借鉴的宝贵经验。

### 1. 山海龙岗旅游文化季

2006年9月由龙岗区旅游局主办的"山海龙岗旅游文化季"活动是一次欢乐的盛宴。这次节事活动是龙岗区依托得天独厚的山海自然资源优势，把循环经济、生态环境打造成龙岗一张亮丽城市名片的重大举措。2006年9月2日，"万家游龙岗"活动在布吉街道大芬油画村广场启动，由此拉开了"山海龙岗旅游文化季"的序幕。"山海龙岗•龙岗八景"评选活动作为此次文化季活动的重头戏随即火热登场，塑造了龙岗城市新形象，并提高了龙岗知名度。

作为文化季活动极其重要的组成部分，以"山海龙岗，魅力相约"为主题的旅游导游词演讲大赛在深圳市各旅行社和导游服务公司的20名选手的精彩表演中变成了美好的回忆。邀请龙岗区及世界旅游组织、山东大学、华侨大学、浙江大学等单位的11名知名旅游界专家学者，聚集龙岗国际滨海旅游发展高峰论坛，共同为龙岗旅游发展问诊把脉和建言献策，更为此次文化季节事营销增添了一抹亮色。

### 2. 滨海休闲旅游节

首届深圳滨海休闲旅游节于2007年9月7日在"中国最美海岸"——龙岗区大鹏街道金沙湾海滨旅游度假区开幕。有大腕云集的开幕式晚会、有激情浪漫的"露天派对"晚会、有轻松活泼的首届企业沙滩对抗运动会等。最引人注目的是56民族童声合唱团之羌族、藏族团的首次演出。56民族童声合唱团是由深圳爱心人士捐助成立，此次来深的合唱团共包括72名成员，均来自四川阿坝藏族羌族自治州，他们为深圳人送上来自大山深处最纯真的天籁之音。在滨海休闲节的活动中，山、海和客家文化融为一体；文化性、娱乐性和艺术性共同展现；让人们在欢乐中体验龙岗的文化，在休闲中享受龙岗的魅力，这就是深圳滨海休闲旅游节。

滨海休闲旅游节——四川阿坝州藏羌族儿童合唱团

### 3. 海上嘉年华

彩旗飘扬、锣鼓喧阗，蔚蓝的海面被各色的龙舟、帆板、游艇点缀得分外多彩，这里是龙岗的月亮湾，这里是2007龙岗海上嘉年华。

继2005年6月第一届海上嘉年华后，历时一个月的龙岗第三届海上嘉年华于2007年6月23日拉开了帷幕，活动包括第八届"核电杯"龙舟邀请赛、海空表演、唱响美丽大鹏湾旅游歌曲推广、游龙岗看八景、周末系列文化活动、沙滩趣味体育大比拼、摄影比赛。本届海上嘉年华活动突出大运主题，借此动员全民投身大运会筹备工作，树立"大运意识"，营造大运氛围。海上嘉年华现已成为龙岗区一个特色的旅游文化项目，龙岗区将以嘉年华为平台，广泛推介龙岗的人文和自然环境，展示龙岗人民良好的精神风貌，为大运会的召开营造良好的人文环境。

### 4. 金沙湾海滨欢乐节

哪里有蔚蓝的海水？哪里有金色的沙滩？哪里有欢乐的节日？哪里有愉快的人们？要寻找这样的一块乐土，来金沙湾吧！第三届金沙湾海滨欢乐节于2007年4月隆重开幕，活动主题为："走进大鹏半岛，畅想山海龙岗"。

自2005年8月龙岗首届金沙湾海滨欢乐节以来，金沙湾海滨度假区每年都组织开展了融参与性、竞技性、趣味性、观赏性为一体的丰富多彩的各种活动，如沙滩拔河、啤酒竞饮、沙滩游艺等让现场游客在旅游休闲中体会参与的乐趣。篝火节，青年男女在篝火下相互弹唱，尽情歌舞；沙滩泳装秀，给游客与现场观众美的享受。摩托艇、降落伞、独木舟、帆船、帆板等海上运动项目表演，把"运动海岸，欢乐之滨"的特色底蕴展现给游客，让广大游客领略风光无限、激情四溢的滨海风情。

　　旅游节事活动，提高了龙岗旅游的知名度，深度挖掘和整合旅游资源，提升了龙岗旅游品牌，促进了龙岗旅游经济的全面发展。

海上嘉年华——龙舟竞渡

## 四、全民动员：万家游龙岗

作为"山海龙岗"旅游文化季活动的首场重头戏——"万家游龙岗"活动给广大市民提供了在自家门口就可畅游山海美景、领略异彩纷呈的客家文化风情的机会和平台。同时，由全民参与的活动也成功地推销了龙岗旅游，推广了龙岗品牌。

"万家游龙岗"活动的三条精选线路可供市民任意挑选：

龙岗乡村民俗一日游：大芬油画村—园山风景区—龙岗客家民俗博物馆（或大万世居）—东纵纪念馆；

"山海龙岗"一日游：大鹏所城—鹿咀—大鹏水头海鲜一条街—金沙湾海滨旅游度假区—南澳月亮湾；

"生态龙岗"一日游：坝光生态村—南澳海鲜街—东涌（或西涌）。

这三条线路几乎囊括了龙岗的精品景点，既有美丽的大鹏半岛风光，又有鹤湖新居客家民俗风情。这是龙岗区政府首次向龙岗人民进行这样的促销活动，充分发挥"龙岗人游龙岗"的旅游魅力，并不断辐射到龙岗区外人群，从而极力把旅游经济作为龙岗最大的循环经济来抓，全力把龙岗建设成深圳的旅游文化大区。

另外，龙岗还开展了其他推广活动：景点推介，使最美的龙岗景点"犹抱琵琶半遮面"，更显魅力；绚烂的风光摄影大赛则为龙岗揭开了神秘的面纱；而经典的龙岗区旅游之歌征集活动则改写了只有导游才是"旅游的和平大使"的格局，一起推动着龙岗走向世界，也让外界进一步了解龙岗。

"万家游龙岗"启动仪式现场

千人挥笔　摄影：黄海奎

## 五、形象塑造：龙岗八景评选

为了更好地宣传龙岗，打造龙岗精品旅游，广告与公共关系宣传是必不可少的。龙岗区政府借旅游文化季活动契机，另辟蹊径，以"山海龙岗·龙岗八景"评选活动、风光摄影大赛和龙岗歌曲征集作为宣传龙岗旅游的卖点，通过这些广告和赛事活动让世人认识龙岗、了解龙岗。

可知道否？龙岗，有着最纯净的大自然，在这里，挽起裤脚，就可以嬉戏清澈见底的抹抹深蓝；呼朋唤友，周末假日就可征服奇趣灵秀的连绵青山；发思古幽情，更可以徒步穿梭古朴的城墙，触摸客家读不尽的风土人情。

就在这片美丽如画、充满生机的土地上，龙岗八景评选在2006年选秀风靡的时代成为龙岗全民参与的活动。政府高度重视，群众热情高涨。"选自己的最爱，选龙岗的最美"也演变成龙岗2006年最流行的标志语。这次评选入围的景点涵盖了龙岗所有旅游资源类型，代表性很强，群景竞秀，流光溢彩。通过激烈的角逐，40万张选票最终锁定的"龙岗八景"分别是：大鹏所城、七娘仙踪、西涌观潮、大芬飘彩、龙城飞歌、客居怀古、园山探幽和坝光问绿。

龙岗八景评选等营销活动对塑造龙岗形象、培育新的经济增长点，促进旅游业发展有着重大意义。通过这些活动的陆续开展，提高了广大市民对和谐社会的认识，加深了广大市民对龙岗的印象和认同，令市民更加热爱深圳的山山水水、风土人情，更加热爱龙岗。

## 六、主动出击：走出家门巧营销

龙岗具有较好的区位条件，从龙岗到珠三角的广州、东莞和惠州，最远也不超过一个小时的车程，是深圳辐射粤东地区的门户。

为了加强龙岗旅游的影响力，龙岗区政府以及龙岗旅游局制定"走出去"的政策方针，主动出击拓宽市场，推广龙岗旅游资源和线路，建立区域旅游合作平台，组织了多场市外旅游营销活动，尤其以在东莞市和惠州市的 "深圳龙岗旅游资源推介会"最为典型。

在东莞的推介会上，与会嘉宾一致认为，龙岗具有独特的生态资源和人文资源优势，具有优越的资源、区位、产业优势和良好的发展环境。东莞酒店业有成熟的管理模式，雄厚的开发实力，丰富的管理经验。龙岗优越的地理位置和便捷的交通条件为两地区域旅游合作提供了便利条件，两地旅游业发展一定能够实现优势互补，互利互赢。

在惠州的推介会上，新推出了具有龙岗特色的几大精品线路，主打休闲度假产品，向高端旅游方向发展。并响应惠州市与梅州市旅游局发起的联合福建龙岩，江西赣州，广东深圳、韶关、梅州、河源等主要客家人聚居城市，打造粤闽赣"千里客家文化长廊"，弘扬独特的客家文化活动。

通过参加类似的旅游城市推介会，龙岗旅游形成了自身的旅游城市销售网络，赋予了龙岗旅游增值的无穷机会。

渔港风情　摄影：李坚强

大芬村——画　摄影：黄海奎

## 七、新闻造势：记者写龙岗

不管何种营销方式，汇聚在记者们的笔下，都抒写着同一种情怀：龙岗值得期待，龙岗旅游的确精彩。

通过多种营销活动的宣传，尤其是记者们孜孜不倦的正面报道，龙岗旅游迎来了绚烂的春天。游客量每年都以两位数的增长速度递增，旅游服务接待设施水平稳步提高，旅游景点的知名度和美誉度也大大增强，龙岗旅游越来越具有诱惑力。

既造"卖点"，也造"买点"。这就是龙岗营销的独特蹊径。通过变换不一样的主题，设计不一样的旅游线路，借助报纸、电视、节庆等多管齐下的促销手法推动着龙岗旅游又快又稳地发展。

为了更加全面地宣传龙岗旅游文化，展现龙岗海岸风情，2006年5月26日至27日，深圳市龙岗区旅游局联合深圳晚报共同主办主题为"展现山海龙岗风情，领略最美海岸之魂"的全国主流媒体百名记者赴龙岗的旅游采风活动。

这次活动是龙岗区旅游局由过去"带旅游资源走出去"到现在"请媒体记者走进来"的新尝试。采风团成员全部来自全国各地及港澳的主流媒体，其中包括：人民日报、中国旅游报、中国青年报、香港大公报、文汇报等众多媒体。通过本次旅游采风活动很好地向全国游客全面介绍了龙岗旅游资源的全貌。

"龙岗是一个好地方"成为众多记者们最为感慨的事实，龙岗日行千里、气象万千，恰似一条腾飞的巨龙以崭新的姿态迎接着新一轮经济改革发展的浪潮。在深圳、珠三角经济圈，在中国这巨大的经济市场中一展龙的本色，以蛟龙出海之姿抢占来自四面八方乃至世界各地的重大机遇；以气吞山河、雷霆万钧之势迎接全球经济结构的改变与挑战，在瞬息万变的经济大舞台上凌空飞舞，翻腾巨澜。这是记者们对龙岗所寄予的殷切希望！

## 八、品牌提升：专家论龙岗

龙岗旅游的发展需要各位专家的建议和指导。通过论坛这种方式，采取头脑风暴法集中多名旅游学者和专家的精彩发言，记录了龙岗旅游变革的决心和信心，对龙岗旅游做出基本评价。

专家认为，即将到来的大运会是龙岗旅游业发展史上的重大盛事，给龙岗滨海旅游开发带来一次契机，确立了在保护中开发、在开发中保护的原则，树立了可持续发展战略和循环经济理念，推动人与自然的和谐，实现经济、社会、城市建设与资源、环境的协调发展，为深圳成为国际海滨旅游城市增添最美的色彩。

浙江工商大学旅游学院院长、博士生导师唐代剑教授评价：龙岗区域市场优越，前面是发达的香港，又背靠深圳，发展旅游业大有潜力。旅游的基础好，旅游的投入很大，发展旅游的环境优越。同时也指出目前面临的问题：龙岗散、小、少，同质产品竞争激烈，产品档次低，还是停留在观光阶段。

中山大学城市与区域研究中心主任、博士生导师周春山教授精辟地分析了龙岗城市化背景和现状，提出了旅游城市化的目标，指出龙岗可以把旅游产业作为城市化的一种原动力。

广东省旅游局高级顾问杨力民教授认为龙岗旅游要做足"水"文章，形成水上、水下、岸边、岸上等旅游项目的立体格局。大部分专家都认为龙岗滨海旅游要有一个高定位，西涌应建高端旅游度假中心，旅游配套服务要跟上。

专家们的集思广益为龙岗旅游的发展奠定了理论基础，让我们既看到龙岗的优势，也了解其不足之处。在未来的发展中，龙岗扬长避短，必能健康快速地成长。

名家挥毫

## 九、主题宣传：名家画龙岗

一幅精美绝伦的画卷，也许比文字更能表达出龙岗的美和魅。当画家们蘸满爱意的笔触落到画卷上时，那一幅幅美景不仅生机盎然，更是满怀深情。

12月26日，龙岗区旅游局成功举办了2007广东深圳国际旅游文化节系列活动之"龙岗旅游·《百尺画卷》"文化名人笔会。国内知名书画家会聚龙岗，在鉴赏百尺画卷《龙岗胜概》后纷纷挥毫泼墨，用独特的方式展现了龙岗的旅游资源，同时也表达出他们对龙岗的热爱。

通过"画家画龙岗"，巧妙地将文化与旅游相结合，借助中国山水画长卷的表现形式展现了山海龙岗的宏大意境和时空化的东方审美情趣。完成的画作长达136尺，会聚了龙岗地区46处最具代表性的旅游景点，再以一篇洋洋洒洒的《山海龙岗赋》破题，与百尺画卷珠联璧合，相映成趣，集中表现龙岗旅游资源的魅力与活力。

名家画龙岗活动作为深圳市政府以及龙岗区旅游局推动龙岗旅游发展的重要一环，深刻地记录了龙岗翻天覆地的新变化以及龙岗旅游的新气象。在画家们的眼中，最美之城在龙岗，龙岗新城就是他们温暖的家。

通过这样一种直接的营销方式，龙岗之爱传递到了每一个龙岗人的心中，每一个深圳人的心中，每一个广东人的心中。画里画外，尽在龙岗。

名家绘龙岗

山海旅游文化季——导游大赛合影

## 十、运营公关：老总赞龙岗

　　旅游的发展离不开旅游企业的支撑，龙岗充分认识到了这一点。2007年4月19日至20日，龙岗举办了"粤港澳百家旅游运营商共拓大运旅游商机"旅游推介会。会上龙岗区政府整合旅游资源，再度打出"大运"经济牌，利用2011年第26届"世界大学生运动会"主会场落户深圳市龙岗区的机缘，将龙岗旅游定位于国际知名旅游胜地，与港澳形成各具特色的旅游金三角。

　　前来参与推介活动的港澳近100家旅游运营商看好龙岗旅游资源，并表示将大力向来港澳旅游的海外游客推广龙岗，欲将龙岗"大运"概念引入本地旅游产品包装的内容。

推介会后，龙岗旅游局还精心安排了这些企业老总游览龙岗的风景名胜。旅游企业老总游龙岗活动的开展给龙岗旅游增添了生动的色彩。各位老总在欣赏龙岗美丽的山水风光和人文风情时，都忘不了龙岗那独有的韵味，无不感慨："龙岗旅游的未来无限美好！"老总们对龙岗旅游发展给予了高度赞誉。

龙岗旅游的发展势头相当强劲，游客量每年都在递增，这给老总投身龙岗旅游这片沃土吃下了定心丸，因为龙岗拥有着深圳美丽的沙滩，因为龙岗的未来还有大运会，因为龙岗还吹拂着客家风。

这些企业的精英对龙岗的旅游都充满信心，大家达成了共识：龙岗会越来越美，龙岗的活力正是深圳这座年轻城市发展的重要基石。

## 十一、韵动华章：美曲唱龙岗

把龙岗的美蕴藏在美妙的歌声中，把龙岗的情传唱在动人的旋律里。2006年4月至9月，龙岗区举行了旅游歌词征集大赛，它是龙岗区2006山海龙岗旅游文化季活动中的重头戏之一。大赛举办期间，来自江苏、山东、广西、河南、广东等7个省、区的作者以龙岗丰富的山海旅游资源为主题，创作了100多首旅游歌词，经过杨庶正、蒋开儒等国内著名词、曲作家客观公正的评选，共有13首歌词获奖。其中，何才章的《南海有花园——山海龙岗之歌》获得了一等奖。

2007年5月，在旅游歌词征集大赛基础上，结合即将在9月举办的首届深圳滨海休闲旅游节暨唱响"美丽大鹏湾"旅游歌会，龙岗旅游局委托专业机构深圳市华鼎文化发展有限公司对其中五首获奖歌词进行了谱曲，并于龙岗区"迎大运"第三届海上嘉年华活动期间，组织了"唱响美丽大鹏湾旅游歌曲"推广活动。推出的旅游组歌主要是用文化包装旅游，让龙岗的风景美与音乐的韵律美结合在一起，用音乐形式推广龙岗旅游特色。

美妙动人的歌声也吹响了龙岗旅游大步向前的号角，奏响了龙岗旅游发展的主旋律。歌曲既是龙岗旅游营销的极佳手段，同时也是对龙岗旅游绝妙的总结。

唱响"美丽大鹏湾"旅游歌曲大赛

# 南海有花园（一等奖）

### 作者：何才章

南海有花园　花园里一条船
船里风景美　装了海和天
云在天上跑　鸟儿山中鸣
海里鱼儿戏　沙上影流连
影流连　灯相连
阿妹把酒端　海边月儿圆
阿妹情义牵　海天有情到龙岗
龙岗就在大海边


都市后花园　仙境美在人间
留下海和天　一曲到云端
曲终且莫醉　还到七娘山
山里风光美　山上歌声传
天蓝蓝　水蓝蓝
阿哥心喜欢　山上月儿圆
阿哥情义牵　海天有情到龙岗
龙岗就在大海边


天蓝蓝　水蓝蓝
阿妹把酒端　海边月儿圆
阿妹情义牵　海天有情到龙岗
龙岗就在大海边

# 龙岗好家园（二等奖）

作者：刘续红


想你在浪漫的七娘山
牵挂就长在心里边
紧紧挽住了金沙湾
金沙湾
定格成一道风景线
龙岗好家园
幸福在这里升起一面帆
龙岗好家园
欢乐到这里就不再走远


爱你的诗意的海蓝天
情话就美成了格言
轻轻捧起了桔钓沙
桔钓沙
绘制成一幅靓画卷
龙岗好家园
太阳在这里红成一个圆
龙岗好家园
月亮在这里弯成一个船
月亮在这里弯成一个船

# 魅力龙岗（三等奖）

作者：徐继东


龙的故乡是大海

鹏的舞台是蓝天

哦 都市的花园

心灵的港湾

三百里长海岸线风清气爽

四千顷大鹏半岛天高云淡

金沙湾潮起潮落多少浪漫

七娘山云来云去如此缠绵


哦 恋人是浪花

风的女儿是红帆

哦 魅力的龙岗

世外的桃源

红树林童心踏浪真情如水

桔钓沙风雅望月目光蔚蓝

鸽子飞龙城广场心胸开朗

茶水香客家民居天赋悠闲

山海渔歌

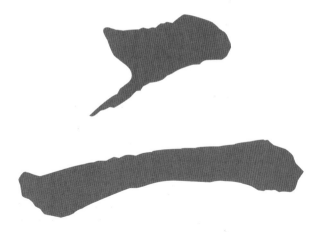

龙岗的自然环境曼妙神韵，龙岗的人文景观古风氤氲，龙岗的民风民俗纯朴多情。龙岗置身于蓝天碧水之间，是大自然的宠儿，是深圳市美丽的后花园。

21世纪的龙岗旅游将何去何从？21世纪的龙岗将以怎样的姿态展现在世人面前？

知态势，明使命，争作为，风物长宜放眼量。

宏观的营销环境分析为龙岗的旅游营销奠定了基石；高瞻远瞩的战略布局为龙岗旅游指明了方向；创新的视角开拓了龙岗新的旅游发展空间。

后发的龙岗，厚积而薄发。

因着第26届世界大学生运动会的契机，因着特区内外一体化政策的支撑，21世纪看龙岗，这里风光无限。

金沙湾扬帆　摄影：张健伟

# 运筹识天时
## 龙岗旅游营销环境

  城市营销的成功取决于两方面的因素，其一是城市营销组合，其二是城市营销的环境。前者是城市完全有可能控制的，而后者则超越了城市的可控范围。我国社会、经济的大环境以及龙岗优越的地理位置和丰富的旅游资源，为龙岗旅游业的发展提供了良好的条件。

# 一、大处着眼：宏观市场背景

## （一）政策环境

从世界政治格局来看，世界政治将继续保持较为稳定的局面，人们的生活水平将持续得到改善和提高，这对于发展旅游业将是大好的机会。"十七大"提出了新的适应时代要求和人民意愿的行动纲领和大政方针，必将对未来中国社会、经济、文化等各方面产生重大的影响，旅游业也不例外。"十七大"报告指出要在深入贯彻落实科学发展观的基础上，促进旅游业又好又快地发展，为旅游业的发展特别是国内旅游业的发展指明了方向。全国旅游工作会议提出的"积极发展国内旅游，充分发挥旅游业在扩大内需、全面建设小康社会中的作用"的方针，将推动国内旅游向广度和深度发展。深圳目前出台了许多相关的法规，如《深圳经济特区旅游管理条例》、《导游人员管理实施办法》、《旅游发展规划管理办法》、《出境旅游领队人员管理办法》等，为旅游业的发展提供了良好的法律环境。

## （二）经济环境

改革开放以来我国经济一直保持高速稳定增长，人民生活水平持续提高。我国的国内生产总值增长速度高达7%～10%。随着生活水平的提高，居民的消费观念和生活习惯也发生了很大变化，旅游支出在居民消费中所占比重不断提高。2007年，深圳市生产总值增幅为14.5%，达到6800亿元；外贸进出口总额达到2500亿美元；居民人均可支配收入24870.21元，增长10.2%。居民中等以上主流消费群体的消费正在向"住"与"行"和"发展享受型"的高档消费层次升级。深圳目前的旅游现状与香港还有一定的差距，两地加强合作将有利于提高深圳旅游的国际化水平。CEPA实施后，来深考察与洽谈业务以及专程来深观光旅游的港人大幅增加，深圳则可以抓住这一大好机遇，大力发展旅游业特别是商务旅游业。龙岗区2007年前三个季度，地区生产总值为915.18亿元，同比增长17.1%。初步形成了以工业为主导，"三高"农业稳步发展，现代物流、商贸、运输、房地产、海滨旅游等第三产业初具规模的外向型经济格局。居民收入的增长是旅游市场形成和发展的前提条件。

## （三）人口、地理环境

    深圳是座现代化的移民城市，人们来自国内外四面八方，有着不同的文化、教育背景，深圳又是一座年轻的城市，充满着青春活力，"时间就是金钱"、"效率就是生命"的深圳速度早已为国人共知。深圳也是我国唯一拥有港口、航空、公路、铁路口岸，海陆空多种运输方式与海外交汇的大型口岸城市。龙岗区目前也已形成海陆空立体式交通运输网络。公路交通方面，全区已形成以高（快）速路为骨架，高等级公路相衔接的干支相连的道路体系。铁路方面，广深铁路、平南（平湖－深圳南山区）铁路、平盐（平湖－盐田港）疏港铁路贯穿龙岗区，在其交汇处建有大型的平湖铁路编组站。海上运输方面，龙岗区南面紧邻国际大港盐田港，西距蛇口港约35公里，区内还建有沙鱼涌等多个港口码头，可泊5000吨级的轮船。

和谐社区　摄影：周洋

## 二、小处着手：微观市场环境

### （一）旅游者分析

#### 1. 客源市场分析

深圳旅游业从无到有，从小到大，发展迅猛。深圳旅游业已形成固定资产超过280亿元的规模，食、住、行、游、娱、购六要素配备齐全。目前旅游业已经成为深圳国民经济的重要增长点和重要产业之一。1997年以来，深圳旅游业每年总收入相当于全市国民生产总值的15%以上。2006年深圳市接待游客总人数为6130.56万人次，其中过夜入境游客712.74万人次，比上年增长了15.62%，居全国主要旅游城市第一位；过夜外国游客139.16万人次，增长了15.74%。旅游总收入460.91亿元，其中旅游外汇收入22.65亿美元，增长了8.66%，居全国主要旅游城市第四位。深圳市的旅游者中来自华南、华中、西南、华东的国内旅游者占70%以上，排在前10位的客源省有广东、湖南、湖北、四川、广西、江西、安徽、浙江。华北和西北的客源市场只占10%左右，排在前10位的客源省只有河南、北京两地。这其中的主要客源又集中于广东本省，占全国的36%，本省客源又以广州市为主，占全省的16%。2007年，龙岗区共接待游客737.58万人次，同比增长13.6%。龙岗区的国内市场以深圳本地居民为主，更以龙岗本地常住居民为主（49.21%），广东省外的旅游者不到所有旅游人次的三分之一，市场本地化特征显著，未能从深圳市的大量外地客源中分流游客。龙岗区的海外市场凭借地缘关系，以香港游客为主，占77.58%。

#### 2. 现代游客的消费行为特征

在不同的历史时期和社会发展条件下，人们旅游活动的内容和形式都会有不同的表现。全面建设小康社会下的旅游消费行为，在传统观光旅游的基础上将会出现以下一些新的特征：科普旅游渐趋时尚，生态旅游贯穿其中，乡村旅游备受青睐，体育健身游成为健康新理念，红色旅游将"红"遍华夏大地，修身养性的休闲度假游成为潮流，这些新的旅游需求和旅游方式的出现给旅游业的发展带来了机遇和挑战。深圳是国内改革开放以来经济增长最快和最具活力的城市，居民收入、出游消费位居全国前列。深圳出游居民以中青年为主，25~64岁年龄段居民占总调查人数的83.8%，这一年龄段游客为旅游高消费群体。龙岗区的主体市场为深圳市场，龙岗区的旅游者也以男性居多。在年龄上，龙岗区旅游者以中青年为主，80％以上的国内游客以15～34岁年龄段的人为主，海外游客中60％以上的为25～44岁年龄段的人。从职业上来看，游客主要为企事业管理、营销（销售）、技工（工人）和学生等几类人员，由于龙岗区工厂众多，国内游客中的技工也占非常高的比例（约为26％）；海外游客则以企事业管理人员居多。

横岗风貌

宁静小海湾　摄影：李坚强

## （二）区域条件分析

### 1. 地理优势——区位条件

深圳市地处广东省中南部沿海，濒临南海，毗邻香港，背靠珠江三角洲城市群，海陆兼备的地理位置是深圳得天独厚的优势条件。龙岗区东临大亚湾、大鹏湾，南接深圳经济特区、香港，西连宝安区，北通惠州市和东莞市，依托国际中转大港盐田港和平湖物流基地，作为深圳市面积最大的市辖区，龙岗具有得天独厚的地理优势。

### 2. 资源优势——资源与产品竞争分析

龙岗区旅游资源类型丰富多样，集山、海、林、人文资源于一身，海滨度假、古军事遗址、生态山林、客家民居、革命遗址、特色社区和康体休闲等多种资源交相辉映。龙岗集中了深圳最主要的文化资源，历史文化底蕴深厚。龙岗区的文化资源类型主要有历史文化、客家文化、海洋文化、山地文化、新型工业园区文化、生态农业文化、地方特色文化等。

**（1）海滨风光**：海滨度假景观价值高，资源保存完好，未扰动的自然岸线占总岸线六成多，具有良好的开发前景。蓝色的大海赋予了龙岗众多优美的海湾、沙滩和海角，塑造了美丽的滨海景观，如大亚湾、大鹏湾、西涌、东涌、溪涌、金沙湾、桔钓沙、官湖角、坪头角、洲仔头、穿鼻岩、贵仔角、大排头、望屿岭、长角、海柴角、虎头咀、廖哥角等。

（2）**古军事遗址**：以大鹏所城为典型代表，它是明清两代我国南部的海防军事要塞，有着600多年抵御外侮的历史，涌现了赖思爵、刘起龙等一批杰出的民族英雄，深圳又名"鹏城"即源于此。

（3）**生态山林**：属南亚热带季风气候区，四季温和，植被类型丰富，自然植被成分和群落特征表现出热带与亚热带之间的过渡性，地带性植被代表类型为热带季雨林和亚热带常绿林，区内物种丰富多样。

（4）**客家民居**：主要分布在龙岗区北部，建筑风格属兴、梅地区客家民居系，建筑形制为封闭式方形围楼，内部家居单元相对独立，私密性较强。

（5）**特色社区**：以南岭村为代表，大芬油画村、三联水晶玉石文化村为特色，呈现特区人民改革开放、"致富思源"的历程。位于布吉的大芬村，已发展成为世界上最集中的油画工艺品生产基地，具有良好的开发潜力。

（6）**革命遗址**：以东江纵队革命历史遗迹和旧址为主，记录了龙岗地区人民群众浴血奋战的革命历史。位于坪山街道石灰陂村的东纵纪念馆，于2000年5月建成，形象地展示了东江纵队和两广纵队、粤赣湘边纵队南北征战的史迹，纪念馆占地5000平方米，由大厅、展厅、文物厅、烈士芳名碑组成，是深圳市爱国主义教育基地。

（7）**康体休闲**：以海滨风光度假、绿色高尔夫为主，兼顾大众和白领阶层周末的休闲度假中心。较著名的有世纪海景高尔夫、浪骑游艇会、金水湾度假村、正中高尔夫球场等。

龙园观音阁　摄影: 洪南明

## （三）区域竞合分析

### 1. 东风送暖——我国加入WTO

我国加入WTO后，深圳经济的外向性在加入WTO带来的国际壁垒减少的环境下持续稳步发展，"蛋糕"将越做越大，深圳发展高科技、更大程度地融入国际经贸体系的条件是不断优化的。深圳旅游行业的各项经济指标均居全国前列，旅游企业的整体水平和服务水平较高，旅游业直接从业人员达15万人，各旅游企业都十分注重硬、软件的建设。华侨城旅游度假区是我国首批5A级旅游景区。深圳市旅游产品的更新换代较快，在旅游资源开发上，坚持高标准、高档次和可持续发展的原则，推出了大批兼具环保和新、奇、特的

正中绿色高尔夫

产品，如改革开放风景线和工业旅游线等。东部华侨城在山海间巧妙规划了大峡谷、茶溪谷、云海谷三大主题区域，集生态动感、休闲度假、户外运动等多项文化旅游功能于一身，体现了人与自然的和谐共处。

### 2. 携手共进——粤港澳、珠三角区域旅游合作

粤港澳、珠江三角洲区域旅游合作，为深圳都市旅游发展提供了更加广阔的市场。粤港澳、珠江三角洲经济发展水平高于全国水平，人均可支配收入和年消费支出居全国前列，已经提前或部分达到小康生活水平，居民出游能力大大增强，巨大的旅游客源市场正在形成。

# 三、战略分析：优势与机遇

## （一）突出优势

### 1. 区位奠定基础

龙岗地处中国改革开放的最前沿，拥有雄厚的经济实力、高度开放的市场、比较完善的法律体系，这些均为旅游业大发展奠定了良好基础。龙岗也地处中国旅游消费能力最强的港澳和珠三角地区腹地，拥有中国最优越的旅游客源。

### 2. 资源凸显实力

龙岗区旅游资源类型丰富，山海结合合理，质量较高且开发度低，基本保持了原生态；可进入性强，配套设施完善。龙岗山海风光、客家民俗、生态农业特色突出，迎合了当今世界旅游返璞归真、拥抱自然的潮流。

大鹏半岛是深圳文化的根基所在。大鹏所城是深圳唯一的国家级文物保护单位，是我国东部沿海现存最完整的明代军事所城之一，为抗击倭寇而设立，占地11万平方米，始建于明洪武二十七年（1394）。它完整地记载了古代军事城镇的建设格局，是深圳悠久历史文化的见证，凝聚了深圳600多年的历史。

### 3. 政策带来春风

国家大力鼓励旅游业的发展，采取了多项扶持措施，如发行旅游国债基金，用于旅游项目建设，在税收等其他方面也给予优惠。深圳市以及龙岗区把旅游业列入鼓励外商投资项目，给予更多的优惠政策。如企业所得税仅为15%；高星级酒店用地最高可享受商业地价40%的优惠等。各级政府对重大旅游项目给予一定的政府资金支持，如贴息及协助金融融资等。深圳市政府已经确定了建设"中国最佳旅游城市"和"美丽的滨海旅游城市"的战略目标。东部黄金海岸是滨海旅游城市建设的重点区域，市政府将全面推动东部滨海旅游项目的开发。

## 4. 经济推动发展

深圳市是我国最早的经济特区，经过30年的发展，取得了辉煌的成就，铸就了世界经济发展的奇迹，其社会经济基础日益雄厚。雄厚的经济实力，为龙岗区大力发展旅游业消除了资金"瓶颈"障碍，真正能够做到高起点、高品位地开发。

大鹏所城

七娘山　摄影：刘艺、刘自得

### （二）抓住机遇

#### 1. 交通条件将大大改善

　　随着深圳地铁三号线的建设、水官高速的连通、深惠公路的改造以及深圳至惠州第二快速通道的建设，龙岗区内外的交通联系将更为便利和顺畅，龙岗与深圳、香港、广州等主要客源城市的联系将更为紧密。

## 2. 城市化进程在加速

深圳已成为全国首个无农村城市。到2004年年底，宝安、龙岗两区的农业人口已全部改为城市人口，两区将按照建设国际化城市标准，对城市布局、基础设施、产业发展、社会事业、环境保护和生态建设等方面的标准进行重新规划，实现功能组团和城市片区间的协调发展，构筑特区内外一体化的现代化城市体系。

目前特区内已没有多少发展空地，深圳绝大部分可开发土地都分布在宝安、龙岗两区。深圳要建设成为国际化城市，发展空间必然要向龙岗、宝安拓展。随着深圳城市化进程的加速，龙岗旅游业面临着前所未有的发展机遇。

## 3. 确立国际滨海旅游城市的目标

深圳市委、市政府提出的要将深圳建设成为·"高科技城市、现代物流枢纽城市、区域性的金融中心城市、美丽的海滨旅游城市、高品味的文化和生态城市"的设想对深圳的城市发展和旅游业发展提出了更高的要求。

"滨海旅游城市"特色的塑造成为提升、丰富深圳城市形象进而增强城市竞争力的重要举措。美丽的滨海旅游城市形象的塑造无疑应当围绕深圳260多公里的海岸线做文章。限于自然地形和城市历史格局的影响，能够突出城市滨海特色的岸线主要集中在市区的深圳湾和龙岗区的大鹏半岛。而龙岗区拥有50％以上的滨海岸线，其建设的水准将直接影响滨海城市形象的塑造。

根据城市岸线规划的战略目标，东部滨海地区主要是利用其优越的自然环境和丰富的景观资源，建设成为国家水准的旅游度假区。龙岗承担着无人企及的重要责任。

随着深圳市旅游重心向东部倾斜以及建设东部黄金海岸的规划思路，龙岗旅游业面临着前所未有的发展机遇。甚至有专家认为，深圳旅游"八十年代看五湖四海，九十年代看华侨城，二十一世纪看大鹏半岛"！

### 4. 深港合作不断深入

2004年1月1日，"内地与香港关于建立更紧密经贸关系的安排"（CEPA）正式实施。CEPA的实施对促进深港经济融合特别是旅游领域的合作发展有深远的意义，而2005年香港迪士尼乐园的开业，也为龙岗带来了巨大的潜在客源，对于龙岗旅游业的发展具有重大而深远的意义。

### 5. 泛珠三角区域合作

2004年6月1日，首届"泛珠三角区域合作与发展论坛"在香港开幕。6月3日，"泛珠"11省区政府领导共同签署《泛珠三角区域合作框架协议》。泛珠三角区域合作机制的正式启动，是我国为适应经济全球化和区域经济一体化发展趋势，落实与东盟达成的在10年内建成中国——东盟自由贸易区协议而采取的一项重大举措，对于促进"9＋2"各方的交流合作和经济社会发展将产生重大影响，对于促进"9＋2"各方旅游业的共同繁荣和我国旅游业的更大发展，也具有重要意义。处于泛珠三角区域旅游合作前沿的龙岗旅游，必将迎来前所未有的发展机遇。

### 6. 2011年大运会将在此举办

2011年世界大学生运动会在深圳举办，主赛场就设在龙岗。深圳举全市之力，要将2011年国际大学生运动会办成影响最大、水平最高的一次盛会。为此，深圳将建设一流的设施、打造一流的团队、营造一流的环境、提供一流的服务、展示一流的形象，努力把2011年大运会办成大运会历史上影响最大、水平最高的盛会，龙岗旅游业将迎来千载难逢的发展机遇。有"小奥运"之称的世界大学生运动会主会场落户龙岗，不仅是深圳建设国际化都市的标志，也大大提高了龙岗在世界上的知名度。深圳"十一五"规划中，要将深圳建设成为"国际旅游城市"，在此框架下，龙岗区旅游局近年来不断加快旅游项目建设，全面推进旅游特色经济发展。

建设中的深圳地铁（龙岗线）

七娘山　摄影：刘艺、刘自得

# 决胜巧部署
## 龙岗旅游发展战略

大运在即，龙岗得天时；背山面海，龙岗处地利；齐心协力，龙岗有人和。

除了这天时、地利、人和，龙岗要想在激烈的竞争中取胜，还需巧妙地部署，英明地决策。

正如古语云："凡事预则立，不预则废。"龙岗旅游发展战略就是对龙岗旅游的宏观部署，指明了龙岗旅游发展的目标和方向，在战略的框架下，制定相关实施策略，为龙岗旅游发展提供一个全面的指导方案。

大鹏湾

# 一、高瞻远瞩：指导思想和战略目标

没有目标与规划的行动往往难以成功，选准了指导思想和战略目标也就指明了正确的前进道路。在思想明确、目标清晰的基础上，才能充分发挥自身优势、扬长避短、锐意进取。因此，发展龙岗旅游的首要条件便是高瞻远瞩，确定指导思想和战略目标。

## （一）指导思想

**打造蓝色龙岗，让滨海旅游成为龙岗旅游的"领头羊"**

**——大做"海"的文章，实现滨海旅游业与海洋经济产业共同发展。**

龙岗拥有绵长曲折的海岸线，美丽动人的海滩，丰富多彩的海洋资源。海是龙岗旅游资源中一块瑰丽的蓝宝石。2005年，《中国国家地理》杂志牵头在全国范围内开展"中国最美的地方"评选，龙岗的大鹏半岛与香港的维多利亚海湾、海南三亚的亚龙湾等一起被评为"中国八大最美海岸"。大鹏半岛位于龙岗东部，海岸线长达133公里，岸线曲折，景色宜人，沿岸分布着大小21处优质沙滩，包括深圳第一长滩——西涌，深圳最美沙滩——桔钓沙，还有深圳第一缕阳光升起的地方东涌海湾。这些沙滩沙质洁净松软适中，海水清澈，处处散发着一种天然的、几乎没有人工痕迹的美。所以，在发展龙岗旅游时应当充分做好"海"的文章，龙岗也完全有资本做大做强海洋文化，将滨海旅游打造成本区的拳头产品。因此，应大力发展滨海度假、滨海观光、滨海休闲、滨海娱乐、滨海体育、滨海节会等海洋旅游产品，配套发展海洋高新技术产业、海洋生物制药和保健品业、海洋捕捞业、海洋住宅业、海洋加工业等海洋经济产业，实现滨海旅游业与海洋经济产业齐头并进，协同发展。

在滨海旅游内涵方面，要突破目前活动内容单一，活动范围狭窄的局限，实现滨海、海面、海底相结合的全方位立体式旅游，大力开展潜水、游船、海上运动、环岛观光、岛屿度假等活动项目。

**提炼文化龙岗，把文化之旅幻化为龙岗旅游的"精髓"**
**——突出历史文化，展现"鹏城之源"的文化底蕴，突显"文化龙岗"。**

深圳作为一个年轻的移民城市，一直被人们认为缺少文化、缺乏历史底蕴。其实这是人们对深圳的误解，深圳并不是没有历史，而是没有得到深入的挖掘。被誉为"鹏城之源"的大鹏古城就是深圳600多年历史的见证；咸头岭沙丘遗址是6000年珠江文明的印迹；南岭村、大芬油画村、马峦村、半天云村等村落的变迁则是深圳社会经济发展的历史缩影。或许是上天的垂青与厚爱，这些宝贵的历史人文资源都聚集在龙岗这片沃土上。在发展旅游的过程中，龙岗要大力挖掘和宣传历史文化，突出"文化龙岗"的品牌，凸显深圳的文化内涵。

**铸就山海龙岗，用山地旅游丰富龙岗旅游的内涵**
**——挖掘山地价值，实现山地资源的综合利用，实现山海联动。**

龙岗除了拥有良好的滨海资源外，还有丰富的山地资源。如今，户外休闲运动已受到广大都市人的青睐。在此背景下，龙岗应当利用得天独厚的山地自然资源，回归休闲旅游的本质。在发展山地旅游的过程中，要改变建设郊野公园的单一形式，向山地观光、山地休闲、山地度假、山地体育的综合利用转变。大力宣传和利用七娘山古火山地质遗迹景观和海岸地貌，发展地质科普、科考旅游和探险、露营、登山、攀岩等户外运动，全面打造龙岗山地旅游的品牌，形成山地和海洋联合开发的旅游新局面。

### （二）总体战略目标

#### 1. 总体目标

龙岗有着无限的潜力，有着无穷的生机，他正如一位激情澎湃的年轻人，以矫健的步伐向前迈进。龙岗旅游也乘风而行，通过对旅游品牌和整体形象的建设，完善旅游配套设施，龙岗将逐步建设成为融滨海度假、山地休闲、历史文化、客家风情、革命史迹、都市农业为一体的，环境优美、生态优良、形象鲜明、功能多样、重点突出、设施完善、体系健全、良性运作的国际国内知名的旅游目的地。龙岗旅游在未来的发展中，要实现三级跳，将龙岗逐步打造成：

▶ **珠三角东部地区城市居民近程休闲度假基地；**

▶ **广东一流的滨海旅游度假观光基地；**

▶ **东亚、东南亚驰名的旅游目的地。**

#### 2. 经济目标

经济效益是衡量旅游发展水平的重要指标。为了更清晰地衡量各阶段的旅游发展水平，我们将龙岗旅游经济效益设定为：

▶ 到2010年末，旅游接待人数达到888万人次，旅游总收入达到63.6亿元，相当于全区GDP的4.3%。

▶ 到2015年末，旅游接待人数达到1430万人次，旅游总收入达到130.6亿元，相当于全区GDP的5.5%。

▶ 到2020年末，旅游接待人数达到2100万人次，旅游总收入增至245亿元，相当于全区GDP的6.4%。

这些数字并不是凭空想象，也绝非心血来潮。它们是有依据、可实现的经济目标。对于龙岗旅游的未来，我们充满信心，满怀激情。龙岗旅游正展现出一派蓬勃的生机。

南岭求水山　摄影：刘艺、刘自得

坝光渔歌

## 二、谋划方略：旅游发展的六大战略

精心设计的战略是成功的重要因素。为此，我们统筹龙岗的资源、环境、经济、区位等各方面的条件，制定出适应龙岗旅游发展的六大战略，以实现运筹帷幄之中，决胜于千里之外。

### （一）突出文化内涵

龙岗有很多文化内涵可供挖掘，尤其是在滨海旅游和历史文化、客家风情、山地文化、地质遗迹景观等资源方面。要充分挖掘龙岗旅游的文化内涵，以丰富的文化内涵充实旅游产品体系、游客活动内容等旅游业的各个方面；要充分开发龙岗的历史文化、地方民俗、风土人情、历史名人等资源。

### （二）确立整体形象

人们常说"好马还需配好鞍"。一个旅游目的地的发展同样离不开形象建设。对于龙岗，我们强调整体形象战略的实施。通过全面优化地域的人居环境、投资环境和发展环境、交通环境、治安环境、卫生环境、生态环境和经济环境，特别是旅游者的消费环境、外来企业的投资环境、旅游企业的经营环境和旅游管理的行政环境，以优良的环境塑造鲜明的旅游形象。

## （三）打造精品名牌

采取精品名牌战略，将旅游开发的重点放在精品名牌的建设上，放在拳头产品的打造上，以品牌促开发、促市场、促保护、促效益，通过旅游精品名牌建设、包装和增值，形成旅游拳头产品，从而实现以点带线，以线带面，最终带动全区旅游业整体发展。

## （四）实行产业联动

明确"大旅游"的发展思想，实行产业联合发展政策，加强全区内部产业的协调发展。工业、农业、商贸流通业等各个产业的发展都要适当考虑与旅游业的结合；各项基础设施和城镇建设等多方面系统配合旅游业发展，最终实现区域旅游产业的动态平衡与协调发展。

## （五）进行区域整合

首先，要注重和香港的联合。建设"环大鹏湾旅游合作圈"。在大鹏半岛设立轮渡港口，并开通与香港的直航巴士，开拓龙岗的东部出入口。其次是与惠州、香港等地合作，开发平洲岛、大小三门岛等海岛，实现海岛观光度假游。再次是与盐田区的合作，开通马峦山、园山风景区与三洲田、大小梅沙的交通道路，使之成为一个山海风光相结合的旅游组团。

## （六）实现科教兴旅

科学和教育在当今的社会发展中，发挥着越来越重要的作用。现代旅游业的发展离不开科教的推动。龙岗旅游业要不断提高信息含量和科技含量，在景点开发、环境保护、宣传促销、查询预订等各个方面都加大科技的含量，全面推广互联网、DMS（目的地营销系统 Destinations Marketing System）、ISO9000环境保护战略。

## 三、排兵布阵：旅游业空间布局

战场上排好兵、布好阵方能有效地组织进攻，发展旅游同样也需要对空间进行布局规划。根据龙岗区旅游资源分布特色、资源空间组合关系以及市场、区位与交通条件，结合龙岗区城镇体系发展规划，确定龙岗区旅游空间布局模式为：以旅游资源的文化内涵为主线，以深圳、香港为核心的珠三角都市圈为动力源，形成三大旅游中心、三条景观带和四大旅游文化区的空间结构。

### （一）提升三大旅游中心

#### 1. 主中心：中心城——龙岗区综合旅游接待中心

本区域需不断完善城市旅游环境氛围和旅游接待服务设施。要求做好城市环境的绿化、美化工作和旅游交通标志系统的完善，重点是各交通枢纽站场的导游图、交通指示图、电子触摸屏的设置。同时规划在近期建设若干座五星级酒店，提高中心城的旅游接待能力。

#### 2. 副中心：布吉——龙岗西部商务旅游的中心城区和龙岗旅游的西部窗口

目前不足的是在高速城市化发展的过程中城市环境受到较大的破坏，城市整体氛围呈现"脏、乱、差"的特点，旅游氛围和旅游交通标志系统缺乏。治理整顿城市环境、加强旅游基础设施、提高旅游接待能力是今后建设的重点。

#### 3. 副中心：大鹏——大鹏半岛的旅游综合接待中心和组织中心

大鹏位于大鹏半岛各旅游区的几何中心，与大鹏所城、金沙湾、桔钓沙、西涌等主要旅游资源的距离适中，基础设施较好。今后要将大鹏建设成为以旅游业为龙头，以发达的第三产业为支柱，具有良好生态环境的现代化、花园式山海旅游城区。

龙城飞歌　摄影：洪南明

### （二）美化三条景观带

以中心城、布吉、大鹏三个旅游中心为极点，沿主要交通干道分别形成三条旅游景观带，即以机荷高速－水官高速－深惠公路为轴线的生态民俗观光带、以盐坝高速－惠盐高速为轴线的山地生态休闲景观带、以坪葵公路－坪西快速干道为轴线的滨海休闲度假景观带。

各交通干道发展轴线要按照成为"风景道"的目标来建设，加强道路两旁的绿化建设，同时加强道路两旁的旅游交通指示牌建设，丰富道路两旁的旅游信息内涵，力争把各交通通道建设成为旅游信息通道。

龙潭公园　摄影：洪南明

## （三）整合四大旅游文化区

### 1. 东部海洋文化与历史文化景观区

范围涵盖整个大鹏半岛，包括葵涌、大鹏、南澳。以古火山地质遗迹和海岸地貌、历史文化以及革命史迹等三大主要文化类型为主，主要景点包括历史文化类的大鹏所城、咸头岭沙丘遗址、大坑烟墩；滨海旅游资源有金沙湾旅游度假村、溪冲工人度假村、西涌、东涌、桔钓沙、杨梅坑、东山珍珠岛、世纪海景、浪骑游艇俱乐部等，革命历史类的有东江纵队司令部旧址、东纵北撤纪念亭等，还有大亚湾核电站等现代产业资源、七娘山等山地文化资源，是龙岗区旅游资源最为集中的一个区域。本区重点打造为国际性滨海旅游度假胜地。

### 2. 北部客家文化与生态农业景观区

范围是以龙岗中心城为核心，包括龙岗、坪地、坑梓以及坪山的北部区域。本区域的资源特色主要表现在三方面：一是客家文化特色；二是以龙城广场为代表的龙文化特色和中心城现代城市景观；三是生态农业。本区域重点打造三大拳头产品：现代城市景观风情游、客家风情旅游、生态农业旅游。

### 3. 西部商贸文化与娱乐休闲景观区

主要包括西部的布吉、南湾、坂田、平湖以及横岗的大部分。资源特色主要表现在四个方面：一是发达的商贸文化；二是特色社区，以南岭村和大芬油画村、三联水晶玉石文化村为代表；三是城市休闲娱乐资源，以布吉求水山度假村和在建的中国饮食文化城、凤凰山国家矿山公园为代表；四是地方特色文化资源，以横岗的交谊舞为代表。本区域重点发展商贸旅游、都市休闲娱乐旅游、现代产业游。

### 4. 南部山地生态与休闲旅游景观区

主要包括马峦山、园山在内的龙岗南部山地区域。从区域合作的角度来看，还包括盐田区的三洲田、大小梅沙等地，共同构筑起深圳东部山地郊野生态休闲旅游区。以山野生态、山海结合为主要特色。重点打造山地度假、山地休闲、山地体育等旅游产品。

## 四、组合法宝：旅游产品的规划

　　旅游产品是旅游的核心，是实现旅游发展的主要法宝。只有开发出优质的旅游产品，旅游目的地才能吸引游客前往。在龙岗的旅游发展过程中，注重旅游产品的规划与开发至关重要。结合龙岗的旅游资源特色，我们规划了三种旅游产品类型，以作为龙岗旅游决胜于千里之外的重要武器。

### （一）"海岸公园"规划与滨海休闲度假旅游产品

　　滨海休闲度假旅游产品：以西涌、东涌、杨梅坑为重点，着力打造蓝色龙岗。

　　为了吸引泛珠三角市场、东南亚市场和欧美市场，龙岗应重点开发海洋观光、海洋度假等海滨休闲度假产品，以及海洋游船、海洋体育、海洋保健、海洋节会等海洋专项产品，形成内容丰富、高中低档相结合的海洋系列旅游产品。

　　在开发过程中，各海滩、海岸资源要拉开档次，不能都搞成海滨度假地，也不能全部都进行开发，要保留一部分地区的原始自然风貌，建设原生态的"海岸公园"，形成海岸公园、滨海旅游度假区、滨海大众游乐区的产品体系，拉开档次。

　　滨海旅游度假区要注意强化国际会议的功能和娱乐的功能，形成度假、会议、娱乐三者的完美结合。

浪骑游艇会

## （二）"名城古村"旅游规划与历史文化观光旅游产品

历史文化观光旅游产品：以大鹏所城、南岭村、大芬村、半天云村为重点。

历史文化观光旅游产品重点面向深圳、珠三角、国内、港澳台等市场，把龙岗区内各种类型的历史文化资源串联起来，组成经典旅游线路，展现深圳"过去－现在－未来"的发展轨迹。

大力宣传大鹏所城，确立大鹏所城"鹏城之源"的旅游形象，坚持"修旧如旧"的原则，整治、恢复大鹏所城的原貌，拆除部分经过现代改造的建筑。建设大鹏所城历史博物馆，全方位展示大鹏、龙岗以及深圳的发展历史。

以马峦村、半天云村等特色古村落为载体开展村落旅游。大力开发游客参与性强的项目，参照国内成功的村落旅游模式，吸取借鉴其营销经验。

大力宣传南岭村和大芬油画村，使之成为新中国新型农村的典型形象代表和深圳现代化发展历程的见证。

## （三）"龙岗自由行"自助旅游产品

随着人们生活水平的不断提高，自驾车旅游受到越来越多人的喜爱，开发自助游产品具有广阔的市场空间。龙岗在开发自助旅游产品时，要合理布局加油站、汽车维修服务网点，建设汽车旅馆、汽车营地、汽车影院。编制自驾车旅游手册、龙岗自游人手册等宣传小册子，详细介绍龙岗各加油站、汽车维修站、各景点景区的情况，使自助游客一册在手就能畅游龙岗。在各自助旅游网站上大力宣传龙岗的自助旅游产品和线路，扩大影响力。

大鹏古城

## 五、未雨绸缪：旅游服务系统部署

旅游涉及食、住、行、游、购、娱等多个方面。旅游的发展需要各方面协调配合，需要完善的服务系统与之相配套。未雨绸缪，提前做好各项服务体系的规划，方能良好有序地促进旅游的发展。

### （一）"住"——酒店业发展部署

"住"是旅游业不可或缺的一部分，又是旅游收入的重要组成部分。为了落实深圳市人民政府〔2007〕1号文件——《关于加快我市高端服务业发展的若干意见》，由市规划局龙岗分局、市规划局滨海分局、龙岗区旅游局联合编制的《龙岗区星级酒店布局研究（2006—2020）》提出，新规划18家星级酒店。

为加快龙岗区星级酒店的规划建设，《龙岗区星级酒店布局研究（2006—2020）》提出："以大运中心建设为契机，以建设成为代表深圳21世纪发展水准的中心城区之一为发展目标，通过完善城市功能和配套产业发展，积极发展高星级、商务度假式星级酒店，全面提升龙岗的酒店服务水平。通过对现状已评、待评，在建、待建，共计20家酒店的分析，结合国内外先进案例和多种方法的研究，提出："至规划期末新规划酒店18家，其中五星级2家，四星级11家，三星级5家。届时龙岗区星级酒店将达到38家，五、四、三星级酒店比例约为1∶2∶2。"该研究还提出，近期龙岗将建设的酒店共计12家，其中：平湖物流基地2家，横岗中心区1家，体育新城3家，宝龙碧岭工业区1家，东部新城1家，东部滨海地区4家。龙岗未来规划建设的酒店将被划分为"城市综合服务型、产业配套型和休闲旅游度假型"3大类型。其中，城市综合服务型酒店的特征为：主要依托城市商业中心布局，功能较多。

拟建的中国饮食文化城——中国大酒店

产业配套型酒店：主要依托产业密集区布局，档次以中高档型酒店为主，按照产业大区的建设目标，大力发展产业配套型产业，尤其是需发展与体育产业和会展业等新兴产业相配套的酒店服务业。休闲旅游度假型：主要依托旅游景区布局，且以高档型酒店为主，充分利用大鹏半岛旅游资源，高标准、高要求建设高星级酒店，提升深圳国际性旅游城市形象。该研究还提出了如下的发展策略："为有效带动和提升龙岗酒店业的发展，规划将主要推动高星级（三星以上）酒店的发展，低星级酒店则主要依靠市场调控。"

酒店的硬件设施完成后，还应当增强酒店的营销和管理能力。进入21世纪，网络的作用日益凸显。网络对酒店发展的作用将以更快的速度迅速放大。网络销售的投入是传统营销的10%，而其传播速度为传统营销的5至8倍。加强酒店的网络营销具有重要意义。另外，酒店还要努力提高管理服务水平。积极引进国际著名的酒店管理集团，使龙岗高星级酒店的管理水平迅速与国际接轨，低端的经济型酒店通过连锁经营、特许加盟和开放式加盟，统一服务标准，利用集团的资源优势，使经济型酒店的管理服务水平快速登上一个新台阶，以此带动龙岗区旅游业整体服务水准的改善，使龙岗的旅游软件水平与国际接轨。

## （二）"行"——龙岗旅游新干线

良好的交通条件是旅游发展的催化剂。龙岗发展旅游要做好"行"的安排，实行"龙岗旅游新干线"计划。把龙岗连接深圳的主要交通干线——水官—清平高速、南坪快速、盐坝高速、未来的地铁三号线以及进出大鹏半岛的主要交通干线——坪葵公路、坪西快速干道作为龙岗旅游新干线来建设，大力加强道路沿线的绿化、美化，完善交通指示标志系统建设，使之成为龙岗旅游的一条"风景道"。开通"龙岗旅游新干线"直通巴士，方便游客快速进出龙岗。并依托各交通站场，设立游客集散服务中心，最终实现龙岗旅游的畅通无阻。

水官高速　摄影：张健伟

## （三）"食"——旅游餐饮业

　　龙岗的物产十分丰富，主要特产有龙岗鸡、金龟桔、芒果、荔枝等，其中大鹏海鲜更是闻名遐迩，"食海鲜在大鹏"早已在深圳街知巷闻、有口皆碑了！充分发挥龙岗拥有丰富优质海产品的优势，推出一系列崭新的特色菜肴，开发各种类型的主题餐厅，充分挖掘龙岗本地的风味特产，如南澳海胆、大鹏鲍鱼、窑鸡、客家盆菜、将军宴等，将这些产品进行食品加工与包装，形成自己的品牌，向市场推广。

　　改造提升水头海鲜一条街和南澳海鲜一条街。在附近扩建停车场，改善停车环境；鼓励餐厅优化用餐环境；注意餐饮点建筑的外部观感与当地环境相协调，努力创造浓厚的地方特色。

建设中的中国饮食文化城——唐宫

　　在建的中国饮食文化城规划总建筑面积38万平方米，其独特的建筑风格已展露出气势恢弘的雄姿。文化城总体布局分为中国文化街及食、酒、茶、药四个文化中心和森林生态休闲运动六大主要功能区。首期工程由汉门、唐宫、宋城、元明街、清阁等组成，建成后将成为集饮食、娱乐、休闲、购物、旅游于一身的大型综合性场所。作为龙岗区"十一五"规划的重点建设工程，中国饮食文化城将推出宫廷御膳等高品位的餐饮和一流的服务，将成为龙岗区乃至深圳市文化产业中的又一朵奇葩。

　　鼓励扶持农家乐项目，以乡土风味、土菜土制为特色，并因地制宜，开发绿色食品，满足旅游者绿色意识的需求；引导特色餐饮企业注重本土文化特色与休闲氛围的营造。

## （四）"游"——旅行与游览业

旅行社是旅行游览业的龙头，通过组合旅游产品招徕游客，为旅行社开发客源，接待外来游客在本地旅游，也将本地游客向外输送，使旅游业各要素组织起来，在"游"中起到核心作用。因此，要以优惠政策鼓励企业和个人在龙岗成立旅行社，吸引异地旅行社到龙岗区建立分社，鼓励宾馆酒店和旅游区成立自己的旅行社，使旅行社的数量达到一定的规模。通过放开竞争，经过市场化的洗礼，使旅行社的整体质量得到提高，带动整个龙岗区旅游大环境的改善。

南澳海鲜干货市场

在旅行社经营方面，要鼓励旅行社走集团化的道路，走横向联合为主、纵向联合为辅的路子，使旅行社真正成为旅游集团的支柱。积极引导旅游投资融资多元化、领域多向化、方式多样化。资本运作积极同国际接轨，在国际资本上参与融资，以解决资本运作所需要的大量资金；加强与异地旅行社的分工和联合，开辟散客游市场。

## （五）"购"——旅游购物业

改善南澳、水头海鲜干货一条街的环境，商铺的建筑要与环境相协调，要有当地特色；在各旅游区设立旅游商品专卖店，形成以龙岗特产的旅游商品售卖为主的销售网络；在龙岗区各大型百货商场、购物中心和超级市场设置旅游商品专柜，促进商旅之间的结合，拓宽旅游商品的销售渠道；引导相关企业完善旅游产品的开发，形成旅游商品系列：

▶ 以贝壳、海螺等海洋生物外壳为原料，开发出一系列装饰艺术品，并逐渐形成批发市场，使海产品装饰艺术品与大芬村油画成为龙岗的两大艺术品系列，提升龙岗旅游商品的艺术品味与格调；

▶ 加快珍珠新产品的开发，加大宣传力度，引导游客消费；

▶ 形成海产品干货系列，注重包装，方便携带；

▶ 以当地特产龙眼、荔枝、金龟桔为原料，开发出诸如果脯、饮料等系列产品。

## （六）"娱"——旅游娱乐业

完善旅游饭店、旅游度假区内的娱乐休闲设施，充分发挥其在晚间娱乐活动中的重要作用，为游客提供多姿多彩的夜生活娱乐项目。开设的项目要上规模、上档次，避免因档次太低而失去吸引力。各旅游度假区要大力营造夜景，增加娱乐项目，丰富晚间娱乐活动内容，让游客在白天繁忙的工作或游玩之后通过晚间的娱乐减轻疲劳，放松身心。

充分利用绿地、广场（如龙城广场）、电影院、游憩公园等公共活动空间，开展大型娱乐活动，丰富龙岗区居民的文化娱乐生活，拓宽游客体验当地生活的途径。以大型节庆活动为龙头带动其他娱乐活动的开展。与文化部门、媒体合作，共同制作具有龙岗特色的文化娱乐表演节目，并将其打造成为龙岗的文化品牌，如编排具有浓郁大鹏民俗风情的南澳迎亲舞《渔民娶亲》、草龙舞、麒麟舞、赛龙舟以及坑梓的腰鼓表演等。

## （七）"保"——旅游安全、医疗及环境卫生

要加强对各旅游企业安全制度的监督和检查，定期对旅游区防护设施进行检查，及时维修、加固，确保游客人身安全。特别要对游览高峰期防护设施的承载能力加强保障，全面加固道路护栏，在较为危险处设置醒目的警示标志，游客高峰时控制游客数量，及时疏导客流。

建立旅游紧急救援网络联动系统（如110、120），在主要旅游区（点）设立医疗站和紧急救援专线电话。

参照国家旅游局有关标准，在通往各旅游区道路沿线按照一定密度建设旅游公厕，力求外型美观，内部清洁，管理规范，符合卫生标准。在旅游区内按照一定密度配备相应数目的分类垃圾收集车、垃圾箱，对产生的固体垃圾进行二级生化处理，并以醒目的标志提醒游客注意保护旅游区生态环境。安排专门的旅游区环卫人员，营造旅游区清洁、舒适的游览环境。

玫瑰海岸启动仪式

大万世居大型实景诗画演出　摄影：张海深

看电影的人们　摄影：张长生

## 六、合纵连横：区域旅游合作战略

任何事物的发展都离不开与周围事物的联系，特别是像旅游业这种关联性很强的产业，实施区域合作更具积极意义。根据龙岗的经济和区域条件，我们将龙岗的区域旅游合作分为两个层面：环大鹏湾旅游合作圈和大鹏半岛旅游经济特区。通过区域合作，实现资源优化配置，提高区域竞争力。

## （一）环大鹏湾旅游合作圈建设

旅游业的发展离不开与周边地区的联系。龙岗旅游要积极强化与周边地区的互补性协作，实行区域联合。要打通路网，形成旅游网络，把区域旅游的产业做大做强。

从区域合作的角度来看，龙岗旅游要加强和香港、惠州市和盐田区的合作，尤其是加强和香港方面的合作。

从香港来看，和龙岗隔大鹏湾相望的东平洲岛离大陆只有1千米的距离，已经成为一个受香港居民欢迎的周末一日游目的地。每到繁忙的周末，会有数百乃至上千人乘渡轮及包船涌上东平洲。目前，香港方面已设有东平洲海岸公园，同时把东平洲的旅游开发作为五个优先分区之一，提出要"为来自内地度假区的高质素、无干扰的生态旅游活动提供免签证"。

港深双方都有加强环大鹏湾旅游合作的意向，因此建议提出建设"环大鹏湾旅游合作圈"的战略方案，具体可采取的措施包括：

▶ 分别在大鹏半岛和东平洲设立渡轮港口，并开通大鹏半岛与香港的直航巴士，开拓龙岗的东部出入口；

▶ 为往返于两地之间的短期游客提供免签证服务；

▶ 建立高层对话协商机制，处理双方在"环大鹏湾旅游合作圈"建设中出现的各种问题。

## （二）大鹏半岛"旅游经济特区"建设

大鹏半岛蕴藏着深圳以至珠三角地区保存最完好的自然生态和人文资源，通过国际水准滨海旅游业发展带动相关产业的启动，建设生态经济与社会和谐发展的现代化东部生态组团，是深圳市建设生态型城市，塑造深圳滨海城市形象，提高城市人文品味，建立国际化现代化大都市的发展目标对大鹏半岛的迫切需要。因此，大鹏半岛的发展必须采取超常的手法，以超常规的发展模式，建立"旅游经济特区"。

1.大鹏半岛作为一个整体旅游产品，必须打破行政壁垒，加强各景区景点的合作，以统一的形象，齐心协力一致对外。这就要求各景点摆正自己的位置，抓住自己的文脉，以特色取胜。同时要在档次、营销手段、目标市场阶层等方面形成差异。

2.将大鹏半岛的旅游建设作为大鹏产业发展的重点，作为深圳市滨海旅游城市的主要展示窗口加以建设。建立政府层面的旅游区协调机构——大鹏半岛旅游管理委员会，由深圳市旅游局直接参与组织指导，并由三个街道联合操作实施。

3.编制整个半岛区域的控制性规划，严格划分保护区与开发区、控制区，解决发展旅游经济与生态环境保护的矛盾，对开发区加大招商引资力度。

4.努力形成不同区域的特色，葵涌以东纵文化和工农业文化为发展重点，大鹏以山海体育旅游为发展重点，南澳则以山海度假文化为发展重点。

5.扩大协作领域，从市场联合推广做起，逐步扩大到规划、开发、管理、协调、人才、信息等全方位的合作。

6.开设大鹏半岛旅游护照，将大鹏半岛的景点组合形成多种线路，实行联票制与单票制相结合的制度。

大鹏海滨

玫瑰海岸婚纱摄影基地　摄影：周洋

# 实战于前沿
## 龙岗旅游发展新亮点

有人比喻说，香港是购物天堂、澳门是博彩天堂，而未来龙岗则是生态休闲旅游天堂，由此而形成粤港澳大商圈的旅游"金三角"，龙岗也有望成为全球游客的直接旅游目的地。目前，龙岗旅游正以快节奏的步伐向前迈进，旅游新项目、精品项目不断呈现在世人眼前。以下六个旅游区正是龙岗旅游战略部署的重要节点，是展现未来龙岗魅力的新亮点。

# 一、下沙公众滨海旅游度假区

## （一）美丽的海滨

下沙位于深圳东部大鹏半岛的中心，西临大鹏湾，与香港平洲岛隔海相望，毗邻粤、港、澳等大珠三角消费中心和泛珠三角区域。下沙片区一面临海，三面环山，具有保存良好的自然生态资源、丰富的自然景观与海湾型谷地特征；下沙尚未大规模开发的2.5公里长、南部朝向的海滩，海水水质优良；下沙片区土地储备充足，大部分土地已征为国有；该片区属南亚热带海洋性气候，年平均气温约21.8℃，年降水量超过2000毫米。下沙片区内已建设有酒店、培训中心、休闲度假物业以及少量体育、旅游配套设施，用地面积约20公顷，总建筑面积约11万平方米，形成了金沙湾旅游度假区、鹏海山庄、云海山庄等一批旅游度假场所。

## （二）公众游乐度假天堂

下沙拥有得天独厚的滨海旅游度假资源，龙岗将把它建设成为公众型滨海游乐度假区，游客在这里可以开展游乐、海岛游览、休闲度假、登高览胜等旅游活动。

深圳东部滨海地区的开发将坚持生态优先、环保第一的原则，下沙开发也主打生态旅游牌。下沙将打造成情境滨海度假旅游——国际化可持续发展的综合性滨海度假区。整个区域分为三个旅游片区：下沙东南片伴山片区，是以度假疗养为主的旅游俱乐部区；西南片以商务会议酒店为主，是企业总部基地；西北部的情境地产作为整个旅游度假区的服务配套。

从城市设计角度看，下沙将通过特色空间的构建和主题活动的营造，体现出"游、业、居"的特色，以满足游客旅游娱乐、生活休闲、创智创意等多方面需求。努力保持生态平衡，下沙沙滩上的木麻黄树林和茂密的乔木将予以保留，并要加强保护，以形成滨海观光带的独特景观。在人文景观方面，下沙社区将开发成具有地方特色的民风民俗区，营造岭南文化氛围。

通过国际招标引入开发运营商，由一家企业主导整个片区运营和开发，并开发和经营自有中标地块的旅游及房地产项目（旅游酒店、度假公寓、娱乐设施等）；设计多样化的休闲娱乐活动与设施，保证所有季节对游客的吸引力，避免出现淡旺季游客不均的情况；通过增加其他类型的活动设施与内容，吸引游客到远离沙滩的广大区域活动，以提高景区接待容量；在沙滩和其他娱乐区之间建造合理而富有吸引力的水体，增加人们的步行体验；修建生态型停车场，以解决沙滩附近的机动车拥挤问题。

总之，未来的下沙可供游客选择的公共活动设施十分齐全，包括公共沙滩、四季恒温滨海浴场、民俗度假村、核心区广场、商业设施、热闹的街巷以及公共绿地等，同时还开发了大量的多元化休闲项目，如登山、攀岩、滑板、极限运动、海水浴场等项目。

玫瑰海岸婚纱摄影

赢在未来

下沙规划——夜景鸟瞰

碧海扬帆　摄影：周洋

## 二、桔钓沙滨海休闲运动乐园

### （一）蔚蓝色的召唤

　　桔钓沙位于南澳大鹏湾东北部，紧临环岛公路，包括桔钓沙、杨梅坑、大水坑湾等地。沙滩朝向东偏北，面向大亚湾，长1.4公里，海底坡度平缓，沙质细腻，海水水质较好，能见度为1米。海岸腹地植被好，有一片木麻黄树林，风景浪漫绮丽，海面平静，旧时为避风港。

## （二）海上运动乐园

桔钓沙将以海上运动、沙滩娱乐和自然海岸为开发方向，结合浪骑游艇俱乐部，树立蔚蓝活力形象，建设海上运动娱乐中心、沙滩运动中心、沿海美食休闲长廊等主体建筑。

在滨海活动方面，配备冲浪、帆板、划艇、水上自行车等海上运动器械以及沙滩遮阳伞、躺椅等设备。桔钓沙还将建设海滨泳场、烧烤场及大型停车场。桔钓沙未来将成为深圳滨海休闲运动乐园。

金沙湾沙滩

## 三、东涌海滨旅游度假村

### （一）得天独厚的资源

东涌沙滩位于南澳东涌村，沙滩朝向南偏东，面向惠州三门岛，长1.2公里，沙质松软适中，海水水质好，能见度为1～2米，海滩地势平坦，围合性好，有岬角，海湾内岛屿可登临，礁岩有特色，景观价值较高，沙滩左边为深圳发展银行东涌海滨度假村，现有5栋别墅。东涌海滩资源和用地条件好，观光游览和度假休闲价值高。

### （二）旅游走向海岸

未来的东涌将建成重要的度假休闲、康体娱乐旅游区，并结合周边高排、李伯坳等地的海蚀、海积地貌等地质遗迹景观，建设成为"海岸公园"，开展海洋生态探访及地质遗迹科普学习活动。

为配合其休闲度假的功能，东涌将建设低层低密度的度假式四星级酒店，并配备会议中心。还将建设以小型、生态为特征的游船码头，规划停泊20～30艘游船。在基础设施方面，将进一步配套停车场、特色餐饮以及其他旅游基础设施，并配备娱乐设施。开通旅游专线，在东涌设停靠站点，使旅游区的交通畅通无阻。

# 四、 西涌滨海旅游度假区

## （一）先天的资源优势

西涌位于深圳市大鹏半岛南端，北侧为龙岗区南澳街道中心区，西面为大鹏湾海岸，对面是惠州市的三门岛，与香港一海相隔，是深圳市最长、面积最大的优质沙滩。西涌的整个地势呈盆地状，三面环山，一面临海，中间地势较为平缓，用地相对封闭，区内地域大部分尚未开发，现状以森林、鱼塘、村落及农场区为主。

## （二）综合性的海滨旅游区

西涌片区所在的深圳市东部滨海地区蕴藏着深圳以至珠三角地区最完好的自然生态和人文资源，通过国际水准滨海旅游业发展带动相关产业的启动，建设生态经济与社会和谐发展的现代化东部生态组团，是深圳市建设生态型城市、塑造深圳滨海城市形象、提高城市人文品味、建立国际化现代都市的重要组成部分。

西涌将建设国际娱乐城、望屿岭、穿鼻岩、白椰树林、赖氏洲、红树林等景点，打造融旅游度假、商务会议、体育活动、高尚居所等为一体的综合旅游区，成为综合性国际性高档滨海度假胜地。

# 五、鹏茜国家矿山公园

## （一）矿山的呼唤

鹏茜国家矿山位于龙岗区坪山街道汤坑社区，是一座地下开采的非金属矿山。目前已形成-40米、-90米两条矿道。拥有独特典型的喀斯特地貌，其他地方一百年才"长"1厘米的钟乳石，在这里每年可"长"2至3厘米。如此面积庞大而又奇特的地下空间在全国乃至世界都极其罕见。区内地质遗迹类型丰富，被国土资源部专家认为是"全世界独一无二的地质遗迹，是深圳的万吨金矿"，在全国首批28家国家矿山公园评审会上，其综合指标排名第一。

## （二）旅游向地下延伸

龙岗将依托这里独特的旅游资源条件，以鹏茜的矿山遗迹景观为主体，同时融合其他自然景观和体验性项目，形成集知识性、艺术性、体验性为一体的功能齐全的旅游项目，建成鹏茜国家矿山公园。

鹏茜矿山公园就是要演绎大理石的脉络、展示矿山开采的遗迹景观，同时要把握市场脉搏，设计出既能和矿山融合，又能极大地发挥矿山的遗迹价值，更能演变为丰富的、多姿多彩的特色性、观赏性、参与性、娱乐性的景观和项目。首期投资10亿元开发地下40米处、8公里长的矿洞和矿道空间，可容纳10万以上游客，将成为名副其实的全国第一的矿山公园。

届时，游客可远离城市烦嚣，到神秘的地下空间游玩，体验多姿多彩的奇趣风光和新、奇、特的游乐项目。通过矿山公园矿山遗迹景观的震撼力、博物科普世界的感染力、虚幻场景世界的互动亲和力、时空变幻游戏娱乐世界的体验力、雕刻梦幻休闲的艺术力，使游客欣赏到奇特景观和感受到互动、新鲜的体验。

鹏茜国家矿山公园效果图——入口景观示意图

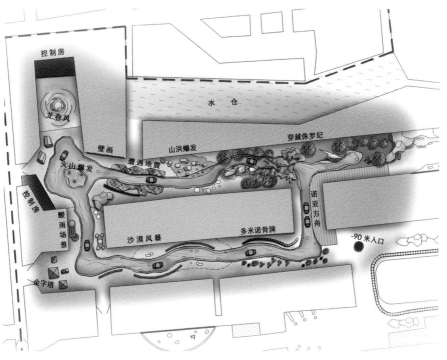

控制房

龙卷风

壁画

火山爆发

遭遇地震

山洪爆发

水 仓

穿越侏罗纪

控制房

酸雨场景

金字塔

沙漠风暴

多米诺骨牌

诺亚方舟

-90米入口

鹏茜国家矿山公园效果图——地球之旅区平面图

## 六、客家围屋旅游地

### （一）独特的客家围屋

提起深圳的客家围屋，人们首先会想起龙岗的鹤湖新居、坪山的大万世居、坑梓的龙田世居和横岗的茂盛世居等。实际上，龙岗的客家围屋建筑群远不止这些，根据最新的文物普查结果，龙岗共有客家围屋300多处，其中保存比较好的有136处，文物保护部门又从中筛选出77处（现存76处）设为文物点。这些老围屋主要位于龙岗、横岗、坪山、坑梓、坪地等五个街道，并沿龙岗河、坪山河及龙岗河支流阿婆叫沥、大沥两侧建立，呈带状分布，它们与宝安区的30多座客家围屋一起，组成了享誉海内外的深圳客家围屋群。

此外，深圳的客家还有大量最有价值的非物质遗产，比如属于客家体系的一系列风俗，鱼灯舞、舞麒麟、客家山歌，甚至包括饮食方面，如观澜的狗肉等，内容非常丰富，民俗和文物紧密结合在一起。

客家围屋的主要特点为：筑形制为封闭的方形围楼，前有月池、禾坪，后有花台，四角设碉楼；内部格局以"三堂两横"为核心呈对称式布局，但与闽西土楼和粤东围龙屋相比，内部家居单元相对独立，私密性较强；外墙材料多为三合土，少量以生土夯筑，厚重朴实，具有较强的防卫功能，内部主体建筑则为砖木结构施彩绘；建筑内部生活系统完备，有天井和排水沟。天井在客家民居建筑中具有十分重要的作用。

### （二）千里客家文化走廊的起点

广东省联合周边省份正在打造以梅州为中心，起始于深圳，延伸到福建的"千里客家文化走廊"，龙岗通过进一步完善客家围屋旅游，将成为千里客家文化走廊旅游线的重要端点。

客家围屋的保护开发利用过程，将坚持"保护为主、抢救第一、合理利用、加强管理"的原则，并借鉴国内外一些成功改造创新的范例，在充分保护原有遗址风貌的基础上，通过系统的技术分析和科学研究，引入现代化保护手段。以大万世居为例，规划将其建成一个集古建筑观光、文化休闲、民俗体验、文化遗产保护为一体的古堡式、体验型、控制性文化旅游区，成为展现深圳历史风貌的核心窗口，成为弘扬深圳城市精神的重要平台。

鹤湖新居

摄影：刘艺、刘自得

**三**

**促进篇**

    龙岗的政府踌躇满志，龙岗的市民意气风发，龙岗的企业跃跃欲试。龙岗矗立在青山大海之间，是人世间美的极致，召唤着四面八方的朋友。

    21世纪的龙岗旅游如何实施既定的战略？21世纪的龙岗将以怎样的特质引来八方宾客？

    树形象，创品牌，搞促销，真打实干显魅力。

    显山露水的形象塑造为龙岗的旅游发展增添了魅力；真材实料的旅游产品为龙岗旅游奠定了基础；新颖别致的促销思路将为龙岗开拓广阔的旅游市场再立新功。

    有备者事竟成。龙岗的旅游在新时期一定会沿着既定的目标奋进！

# 高手指点
## 专家把脉龙岗旅游

龙岗是一个旅游资源大区，有着丰富的旅游资源。而且龙岗的旅游资源类型多、品位高、保护好，通俗地讲就是有山、有海、有故事；有村、有城、有风情。所以特色比较浓郁，山海本身也是自然对龙岗的一个馈赠，保护好、利用好这一块资源，主要还是依靠旅游开发。

从龙岗的资源现状来看，龙岗发展旅游业可主推滨海旅游和高端旅游，作为带动龙岗旅游业全面发展的先导产业。龙岗发展滨海旅游首先要思考两个问题，一是怎样形成高端旅游群，二是怎么保护龙岗特有的文化。针对如何发展滨海旅游，国内外知名旅游专家纷纷为龙岗出谋划策，指点航向。

# 树立滨海旅游品牌

## ——徐汎（世界旅游组织、旅游专家委员会委员）

现在世界旅游新趋势是聚焦生活方式的改变。旅游产生了新的趋势，向往自家的后院，短期休假，近程旅游；女性成为旅游市场主力军，温泉旅游，度假市场成为旅游市场中增长最快的部分；也出现许多新的旅游形式，如自由行，旅游产品DIY。如今流行有品味的度假，不能"愚蠢地晒太阳"。

海滨旅游都有淡旺季之分，我们可以在淡季做足会议、展览、集中休假的消费群、老人旅游的工作，增加淡季的收入。地方旅游业的发展，关键要适应各类游客的需求，而不仅仅是适应"跟着导游走"的游客类型。

休闲旅游的基础是公休假，一次出游时间较短，目的是看世界，丰富经历，享受天伦之乐，选择目的地是名胜古迹，名山胜水，有得看，有得玩儿，旅行方式是散客、团队、家庭式。度假旅游的基础是有薪假期，一次休假时间较长，目的是休息，解除疲惫，放松身心，选择目的地是依山傍水，环境幽静，综合消费设施完善之地，旅行方式是散客、家庭式。

观光景区的开发模式是，面向大众消费层，依托名胜古迹，发展观光旅游，景区特点是流量大、流动快，重点开发山门、游路等。休闲景区开发模式是，面向中等消费层，依托自然风光、城郊，发展休闲旅游，注重娱乐性功能，重点开发主题乐园、休闲区等。度假景区开发模式是，面向高等消费层，依托临海、靠山、面湖优势发展度假旅游，注重综合功能、度假氛围，重点开发高档设施、高雅环境等。

度假酒店位于临海、靠山、面湖之地，提供愉快、身心健康、轻松学习的服务，服务特色是个性化、轻松、休闲，建筑特色是回归自然、本土文化，员工技能多样化：陪练、园艺、救护等等，员工服饰风格是休闲、文化风情，营收结构是客房、餐饮、康乐各占30%。而城市酒店位于市中心，提供贴心、效率、方便的服务，服务特色是规范化、

摄影：刘自得

高效、专业，建筑特色是豪华气派、富丽堂皇，员工技能规范化，员工的服饰是分等级的制服，营收结构是客房占60％，餐饮占30％。度假酒店可以把许多项目融为一体，构成一站式服务。

对龙岗旅游来说，首先是定位问题，龙岗旅游是定位本地居民，还是面向港澳地区，还是想面向国内外更广泛的市场？昨天我们看到的金沙湾已经是面向本地市民了，而西涌的开发，如果是面向本地市民，按照金沙湾模式建设就可以了。如果面向港澳地区，就要建设成度假景点，真正建设成有国际理念、国际水准的度假地。成为深圳、龙岗经济新的增长点。

世界旅游大趋势之一是两极化倾向。旅游理念的两极化倾向是全球化思维，本地化行动。开发旅游一定要保护好本地的文化，没有文化的景点是没有生命力的。旅游需求的两极化倾向一极是大众化，另一极是个性化。我们国内旅游景点往大众化的方向走了很远，而国际趋势是大众化和个性化共同发展，所以我们要重视旅游的个性化需求。旅游经营的两极化倾向是，批量生产面向大众市场，量身定制面向个性化服务。我们要重视量身定制满足个性化需求，做到大众化和个性化旅游的平衡。

# 创新休闲度假产品

——邵春（中国旅游报社原代总编辑）

如今的旅游市场迎来了休闲时代，这给发展滨海旅游提供了广阔的舞台，龙岗的滨海旅游可以用三句话概括：资源宝贵、市场广阔、机会很多。

我们要借鉴国内外滨海旅游的经验，要走出去，请进来。走出去，是去看别人的产品是怎样组织，怎样开发。请进来，一是要邀请国内外主流旅游媒体的记者实地考察龙岗，让媒体大力宣传龙岗的旅游发展情况；再是要邀请国内外滨海旅游知名专家，指导龙岗的滨海旅游开发。

举浙江象山的例子：浙江象山请我去做旅游规划时，原来是想以象山为卖点。但我在网上搜索时，发现有一百多个地方提出本地有象山这个景点，因此我觉得在宣传上不宜提浙江象山这个卖点。我在实地考察过程中，发现象山这个地方的居民寿命都比较长，长寿的老人很多，而且女子的双腿修长，长得很漂亮。因此我在对浙江象山规划时，提炼出"东方不老岛，海山仙子国"的旅游形象，使象山在半年内招商引资100亿开发滨海旅游。

龙岗在整个深圳的发展空间非常广阔，经济实力雄厚，森林覆盖率达40%，海岸线长，拥有全国最美的八大海岸之一，这说明龙岗的软实力很强。目前，龙岗旅游缺少拳头项目，在今后的产业结构调整中，应给旅游业重要地位，培育龙岗的休闲产业；在产品建设中，观光产品和休闲产品要有区分；在规划设计中，产品设计和营销规划要两手抓，营销规划要和媒体结合，通过强势媒体塑造品牌形象。

因此旅游开发的过程中，要抓住龙岗独特的卖点，大力宣传龙岗的旅游。旅游开发的理念要创新，做好市场调查工作。旅游开发也要注重自然生态条件，不能破坏自然环境，整体规划滨海的旅游开发，有层次地发展旅游。

龙岗滨海旅游开发要看准时机，条件不成熟时好好保护，一些已经开发的旅游项目比如大鹏所城也有很多需要改进的地方，如果能够通过活化历史的手段，充分利用历史文化资源，再现大鹏所城当年的历史场景，会吸引更多的游客。此外，要有意识地策划一些旅游歌曲、旅游口号等等，同时也是宣传龙岗旅游很好的机会，把旅游当做一种文化产品来做，加上好的营销，就能收到立竿见影的效果。

七娘山登高

南澳水头沙

# 选择滨海开发模式

## ——汪宇明（华东师范大学资源与环境科学学院教授、博士生导师）

滨海旅游开发的基本模式与运作有下面几种方式：强势资源导向，休闲度假为主，围绕强势资源形成相关休闲度假服务链，优美的度假城市环境与基础设施依托，关注原真性维系，开放式管理，公共空间与资本产品的完善管理，重在附加值提升等。

在滨海旅游开发过程中，偏重消费高游客少的项目，可以既赚钱又省时省力。

旅游开发宣传是一个科学的过程，必须要有科学的调研。先调研本地区的自然环境情况，再对游客的类型进行调研，游客的客源地、消费习惯、消费心理、交通工具等情况都要有客观的数据，才能有针对性地宣传开发。

旅游是经济概念和文化概念的结合，最终的目的是要从游客身上赚钱。拿鼎湖山来说，鼎湖山没开发之前，坦白说，就是穷山沟，而现在光门票就有3500万元的收入。鼎湖山的亮点是"卖空气"，因为鼎湖山空气很好，引导游客怎么来鼎湖山吸纳地气。在山上修建亭子，教游客抛弃俗世的干扰，欣赏清代的石碑，鼎湖山的风光。另外又根据鼎湖山地面状况，开发赤脚行走旅游产品，还在湖边设置凳椅，供游客洗脚。

开发旅游关键要观念创新，要有卖点吸引游客，可以花小钱，办大事，否则就是花大钱也没有实效。龙岗发展一定要形成自己的拳头产品。

滨海旅游的发展是和旅游景区的区域优势、基础设施的完善分不开的。龙岗旅游完善滨海旅游的配套设施，打造滨海旅游的产业链。龙岗的GDP是250亿元左右，按国际规律，每10万GDP就有一个商务客人，那么龙岗应该有25万商务客人。龙岗应该充分利用这些商务客人，带动旅游业的发展。夏天滨海旅游是旺季，但到了冬天，天气较冷，是旅游的淡季，可以举办各种类型的商务会议，开发商务旅游，带动旅游业的发展。

龙岗要发展滨海旅游，首先要正确界定深圳龙岗滨海旅游资源的优势，认识竞争性伙伴：香港、澳门、海南、北海、厦门。其次充分把握滨海旅游的机会与限制性因素。休闲度假的时代已经来临，龙岗旅游业要把握住日益增长的滨海休闲度假旅游需求。完善城市内部的基础设施，做好旅游景点的合理分工，减少直接替代性竞争。龙岗旅游景点保存完好，与世界之窗、锦绣中华、大小梅沙等景点的游客分流有关，所以龙岗旅游要正确定位自己的滨海旅游资源的优势，要对龙岗滨海旅游资源进行有力的宣传。龙岗地域优越，前面是发达的香港，又背靠着大陆经济发展的前沿——深圳、珠三角经济区，大有潜力发展旅游业。

龙岗区有保存完好的亚热带雨林。亚热带雨林是龙岗所特有的，其他地区都没有提出这样的概念。大鹏半岛的植被非常好，应以"亚热带雨林"为亮点、主题，打造旅游业。

# 走旅游城市化道路

——周春山（中山大学城市与区域研究中心主任、教授、博士生导师）

改革开放30年来，深圳依靠政策、区位等优势，成为中国的特大城市，取得了高度成就。龙岗区一直处于保护性发展中，经济发展水平较低，城市化水平较低，居民生活水平较低。

深圳特区内外呈现两种城市面貌：特区内井然有序，形成组团式空间结构；特区外相对松散，以蔓延式开发为主。特区内单位建设用地GDP是特区外的8倍。

2003年深圳市政府决定：从2004年开始，宝安、龙岗两区18个镇全面撤销村镇的建制，建立街道办事处和社区居民委员会。宝安、龙岗两区的27万农村人口全部从村民转为城市居民，实行全面城市化。《深圳2030城市发展战略》提出，东部滨海地区是针对深圳本地和区域的高端旅游休闲市场，是以全面提升城市生活品质为主要目的的区域。

龙岗滨海地区发展可以理解为，一是发达大都市背景下的相对落后地区应如何发展，二是滨海地区如何利用自身资源条件进行城市化。为此，龙岗滨海地区急切需要寻找一种兼顾环境保护和城市发展的城市化模式。

## （一）旅游城市化：龙岗滨海地区发展的道路

龙岗区的自然、人文特点与区域条件，有三种发展模式可以选择：海港工业，海港城市，旅游城市。三种发展模式各有优劣，根据龙岗自身资源特点和兼顾保护和发展的两个要求，采取发展滨海旅游城市的策略最适宜龙岗区滨海地区发展，也即采用以旅游城市化为主导的城市化模式。城市化模式有这样几种：工业推动的城市化；外资推动、内源城市化；交通推动的城市化；第三产业推动的城市化；旅游推动的城市化。

多彩的振业城　摄影：周凤英

旅游城市化发展模式是，旅游作为推动城市化的一种动力，引导人口向城市集中、城市产业发展、城市文化扩散的过程。旅游可以作为原动力，推动一个城市从小到大发展，也可以是多种动力中的一种，与其他动力一起影响城市化发展的进程。

### （二）龙岗滨海地区旅游城市化发展模式

不同时期的世界著名的滨海旅游胜地有所差异。20世纪70年代以前，是地中海、比斯开湾沿岸地带，这里被称为"黄金海岸"。70年代后期到80年代，转移到加勒比海沿岸。进入90年代，又转移到亚太地区的夏威夷(美)、巴厘岛(印尼)、槟榔屿(马来西亚)、普吉岛(泰国)等地。

旅游城市化发展模式有这样一些类型。

"欧洲"模式。"地中海"周边的西班牙的马略卡、巴塞罗那，法国的戛纳、尼斯，希腊的雅典、克里特，意大利的热那亚、佛罗伦萨，以及地中海中的马耳他和塞浦路斯两个岛国。这些城市以悠久的历史文化为背景，以稀缺性资源为核心，营建高品质的消费环境、宜居的生态环境、丰富多彩的海上活动与休闲舒适的生活方式吸引着外来消费。

"欧洲"模式，经历了长期的工业化过程，城市化质量很高：经过上百年的发展，地中海沿岸各城市的经济发展水平已经达到了工业化后期阶段，甚至后工业化阶段。加上地中海沿岸地区多数城市具有比较悠久的历史和文化遗迹，特别是文艺复兴以来的文化瑰宝与城市发展结合十分紧密，随着多种文化的交融，城市建设已经到了追求文化阶段，当地居民总体已经进入到休闲舒适的生活方式，城市化质量已经达到一个很高的阶段，形成了地中海旅游城市化的一大特点。

社会、经济环境协调发展：20世纪80年代后，地中海大多数城市的工业发展缓慢，逐渐向商业区和旅游区发展，城市花大量精力对以前工业化遗留下来的城市问题进行了全面的整顿和改造，特别是滨海地区，逐渐从港口运输和临港工业向港口与旅游一体化发展。加上丰富多彩的海上活动，整个城市化的过程开始进入了社会、经济和环境协调发展的道路。

月映华南城　摄影：张长生

　　"东南亚"模式。指以东南亚地区为代表快速发展的旅游城市化模式，包括泰国的普吉岛、马来西亚的蓝卡威岛和印度尼西亚的巴厘岛等地区。

　　"东南亚"模式，处于城市化快速成长阶段，东南亚地区各国基本上都属于发展中国家，大多数国家还处于工业化初期和中期阶段，城市化的动力仍然还以工业为主。东南亚地区的旅游城市化以相对独立的旅游区为主要载体，城市在旅游城市化进程中还处于一个配角的地位。城市化质量相对较低：东南亚地区众多的旅游开发是在没有做好充分准备的情况下为了短期接纳更多游客的背景下进行的。旅游城市化质量总体不高。

龙岗滨海地区城市化的模式应该是，结合"地中海模式"和"东南亚模式"的特点，生态保护与经济效益并进，经济发展与社会和谐共存，人与自然协调发展。

　　龙岗滨海地区旅游城市化是要把旅游作为城市化发展的原动力；以保护生态、环境为基础，体现文化特色的城市发展；产业上与旅游相协调；道路交通、给排水、医疗等基础

桔钓沙露营地

设施、服务设施的规划与建设以旅游为中心来组织。产业上与旅游相协调是指第二产业，以技术密集、无污染为导向，如电子、生物、海洋等产业；第三产业，以旅游服务为核心，发展商业、会议、教育、科研等产业；第一产业，保留传统农业，发展生态农业、观光农业等产业。

### （三）龙岗滨海地区旅游城市化策略

第一，保护原生态，体现地区特色。

充分利用沙滩、河流、村庄、交错带、工业区；滨海旅游的开发规划，从海洋到陆地，依次可以规划成：层一，沙滩；层二，适度城市，智能空隙；层三，反都市主义交错带；层四，生态农场；层五，生态保护区；层六，密集亲水都市主义。

第二，确定合理的开发模式、开发步骤。

充分体现滨海特色建立生态社区，城市化要经历乡村景观向城市景观转变的过程。在这个过程中，建设生态社区的策略可有效化解城市化对生态环境的破坏，从而促进城市化与生态环境的协调发展。

生态社区是指以生态理念为指导，以人与自然的和谐为核心，以现代生态技术为手段，设计、组织城市社区内外的空间环境，高效、少量地使用资源和能源，营造一种自然、和谐、健康、舒适的人类聚居环境。它具有低的环境冲击性、高的自然亲和性、居住环境的舒适与健康性、经济的高效性以及社会和谐性等特征。

鹤湖新居

# 用特色去招徕游客

## ——唐代剑（浙江工商大学旅游学院院长、教授、博士生导师）

### （一）龙岗旅游发展的优势与问题

#### 1. 滨海旅游发展态势

滨海旅游已经占到旅游业的60%，因此到滨海旅游的游客众多，是旅游业的主要组成部分。滨海旅游的游客参与意识、体验意识很强，体验的活动也有很多，如：自驾车等体验活动。高端滨海旅游产品很受欢迎，如：豪华邮轮、养生等。

#### 2. 龙岗旅游发展优势

休闲度假的时代已经来临，龙岗旅游要正确定位自己滨海旅游资源的优势，要对龙岗滨海旅游资源进行有力的宣传。龙岗区域市场优越，前面是发达的香港，又背靠深圳，发展旅游业大有潜力。旅游的基础好，旅游的投入很大，发展旅游的环境广阔，因此要充分调动这些积极因素，发展龙岗旅游。

### 3.龙岗发展旅游面临的问题

旅游景点要体现自己的文化特色，而目前面临的问题是：龙岗资源优势不突出，散、小、少，同质产品竞争激烈；龙岗区文化底子薄，目前产品档次低，还是停留在观光阶段。

拿三峡的神女峰来说，神女峰其实只是块石头，但我们从历史文化的角度来看她，就赋予她独特的韵味。而深圳的文化氛围不是很浓，现在龙岗一直在提本地区的客家文化，但客家文化有很多地方在提，而且客家文化的根其实不在龙岗。

## （二）龙岗滨海旅游设想

龙岗要以滨海旅游为基础。西涌的自然环境很好，背山面海，十分安静，海滩也是由很多片很小的海湾组成，处理好海滩废弃物的问题，西涌可以建设成为高端的休闲度假旅游目的地。防护林可以往山上移，增加旅游区的面积，可以让游客更好地体验海滩旅游的独特性，在海滩上可以亲身体验各种各样的活动。

西涌海滨还有淡水资源，这是其他很多海滨所没有的。旅游是探奇求异的过程，所以要找准龙岗旅游的独特性。扩大沙滩、沟通淡水、沿山建设房屋，可以建设室内水、冰运动，增强体验性活动。而金沙湾、下沙等大型海滩可以通过海滨道路连接起来，连接西涌、适度扩建、完善活动、做大做强。

大鹏所城现在有南门、东门两个门，是深圳著名的古城，要加以保护、修缮，努力恢复到明清时期的面貌，增加如客栈、前店后坊、赖家文化、节庆等内容，展示深圳、龙岗的历史，建成历史文化名城。大鹏所城可以宣传赖家文化。赖家三代出了五位将军，与杨家将并称为"宋代杨家将，清朝赖家班"，应发挥赖家文化的优势，宣传大鹏所城。

龙岗也可以开发居民游，强化社会资源旅游。开发村社区、菜市、捕鱼等活动，补充旅游淡季。游客可以住在居民家里，吃农家菜，然后到处参观，既可以参观改革开放的前沿阵地，又可以参观深圳的社会主义新农村。现在许多游客厌倦跟着导游跑的旅游方式，而选择自由自在的方式旅游，龙岗可以在这方面做文章，补充龙岗的滨海旅游。

### （三）龙岗发展旅游应注意的问题

要整合政府职能部门，理顺管理体制，确立政府机构主导地位，共同管理旅游业，用市场运作的方式，加大招商引资和市场营销，发挥企业、私人等方面的作用。注重环境保护，如西涌、金沙湾的环境保护，消除游客核泄漏阴影。我们要努力打造出龙岗品牌，然后进行营销宣传，充分做到家喻户晓。

龙田世居

# 建设滞留性旅游地

——王德刚（山东大学管理学院旅游系教授、研究生导师）

## （一）深圳旅游的转型与产品升级

深圳这座城市由改革开放的前沿，转变为经济、社会发展的前沿——在全国人们心目中仍是前沿，仍有巨大的吸引力。旅游业由追求数量型发展模式向质量效益型增长模式转变：住游比，人均消费，产品结构等。从旅游发展的一般规律来看，旅游目的地接待数量过度增长必然带来旅游质量的下降，进而影响旅游地的持续发展，会使一个一流的旅游地变成二流的旅游地；业界有人认为当地人口与到访游客的比例1:2为极限，即平均一个当地居民接待两个游客，是一个合理的界限。

深圳2004年游客接待量是5444.16万人次，香港旅游消费是5000元/人次；深圳旅游消费是1220.64元/人次。在游客构成中，过夜游客占53.99%；一日游游客占46.01%。就旅游目的而言：休闲、观光、度假占45.95%；探亲访友占22.77%；商务活动占21.35%。

## （二）未来的发展方向——滞留性旅游目的地旅游

旅游景点未来的发展方向是滞留性旅游目的地旅游。

传统的观光旅游，在线上快速流动的快餐式旅游消费，以数量的多少作为考量旅游质量的标准。滞留性旅游，以享受性的观光与休闲活动为主要功能，以某一目的地做基本的停留点，展开对周边地区的观光、运动、娱乐、购物等活动。滞留性旅游目的地，具有完善的产品分级体系，能够提供以休闲为主线（或主导功能）的观光、康体、运动、购物、文化体验和度假功能的旅游目的地。

2004年1月，伦敦国际旅游大会上，几百位旅游官员、旅游机构代表、旅游学专家一致认为，未来的旅游将向"度假舱"和"1+3（旅游+休闲/娱乐/运动）"模式发展，与其对应的是新型旅游目的地的形成。

旅游目的地向大、小两个方向转化。

### 1. 度假设施——专门的度假单元

深圳的星级酒店很多，客房出租率也比较高，但缺少真正意义上的、能够成为"独立的度假单元"的"度假酒店"——规模化的高端旅游消费产品。

海滨度假地有三种类型：海滨中心城市度假地；远离中心城市的度假地；海岛度假地。就性质而言，深圳与巴西的里约热内卢、夏威夷的檀香山、法国的尼斯、西班牙的巴塞罗纳等城市相似；而墨西哥的坎昆则提供了度假地规划的典范。

20世纪60至80年代，墨西哥政府将旅游业确定为"优先发展产业"，对坎昆进行国家规划并进行建设，在国际上开创了政府规划开发度假区的成功范例。平均两公里海岸线一个度假单元；交通干道远离海岸线，用垂直的支线路通向海滨；建设与酒店融为一体的高尔夫球场及其他康体设施。

### 2. "购物旅游"与购物设施

购物是滞留性旅游的显著特征；但旅游者的购物花费到底集中在哪些领域则需要研究。

旅游纪念品是传播目的地文化的载体，是旅游商品的标志性产品，虽然旅游纪念品肯定不是主体，在游客花费中占的比例很小。赴香港的游客平均消费5000元/人次。在国际和远距离的国内游客中，高档的日用品、品牌产品实际占最大的比例；"一站式休闲购物"概念已经成为旅游城市的时尚购物观念。

檀香山的购物设施是青岛的100倍；里约一个大型一站式休闲购物中心内部就有18家电影院。体验式购物场所：新加坡的牛车水——体验地方传统文化与社区生活，让游客流连忘返。

### 3. 把握会展旅游的发展趋势

会议、会展被称为城市的面包；会内消费与会外消费——1∶9；世界上城市定位为"会议型"城市（有系列的会议设施，有专门的城市会议促销机构）。

### 4. 对西涌海滩的建议：高端度假单元

可以开展丰富多彩的海上运动产品，但海上运动要注意天气情况。

西涌海滩可以建设成为高端度假单元，各种自然条件都适宜发展。与市区的距离能够满足高端度假游客的私密性要求。高端度假单元需要三个设施：一个隐蔽在密林里的中心酒店；一片专供度假游客的海滩，而不是公共的海滩；一个高尔夫球场，甚至两个高尔夫球场。高端度假单元设计并不复杂，关键是标准要高。

摄影：周凤英

# 组合优势整合营销

**广东省旅游发展研究中心副主任、总规划师陈南江：**

人们对旅游的需求主要包括两个层次，第一个层次是健康、美和社交，第二个层次是安全、隐私和尊重。对于大鹏半岛来说，旅游资源丰富，生态优势突出，应把国家级旅游度假胜地作为发展目标，成为最有吸引力的休闲地、最有想象力的度假地。

**深圳大学旅游科学研究所副教授李蕾蕾：**

鹏茜矿山公园，虽然开采时间不长，但创造了巨大的地下发展空间，可以搞旅游，把废置的工业遗产开发为旅游景点，也是发展循环经济的一个思路。另外，大鹏所城的开发，要在强化主题上下工夫。大鹏所城以前是军事场所，因此如何在开发中突出主题，值得龙岗区思考。

**深圳综合开发研究院旅游研究中心主任、研究员宋丁：**

对客家文化来说，龙岗区的鹤湖新居、大万世居等，是世界上少有的客家古建筑。在发掘客家文化发展旅游方面，龙岗区大有文章可做：一是分类开发，可考虑建设集世界客家民俗文化之大成的客家博物馆，供客家人和广大游客了解客家文化，建设客家文化食品区等；二是要把客家文化与当代深圳精神联系起来；三是在发展乡村一日游等旅游线路中，要突出本土文化；四是做好客家文化系列产品的开发。

**深圳大学旅游研究所所长、教授、博士生导师郁龙余：**

大鹏半岛的开发，绝不能城镇化。七娘山很有原生态味道，半岛上有大鹏所城，也有不少妈祖庙，人文资源很丰富。在大鹏半岛开发中，可突出养生、会议旅游两大重点。中国养生之道博大精深，具有很大的发展空间，也应合了游客追求健康的需要，而且有利于发展循环经济。同时，也可引进其他国家的养生文化。

**深圳社科院旅游产业研究中心主任、研究员卜春斌：**

龙岗有着优良的滨海资源和底蕴深厚的客家文化资源，随着龙岗社会经济的飞速发展，旅游产业腾飞的时机已经到来。任何旅游资源的开发，最重要的是做好旅游产品的研发，这是旅游产业可持续发展最核心的支撑体系，建议政府优先考虑冰雪世界、西涌国际会展中心这两个项目。

**深圳市委政研室副处长左江平：**

建议龙岗区政府高起点、高质量、高水平规划宝贵的东部旅游资源。旅游产业是综合性产业，作为旅游产业的主导者，政府首先在政策上要有保障，以引导产业的发展，还应加强公共服务职能，比如说路标标志系统的完善、道路基础设施的建设等。

坝光美景

龙岗中心城　摄影：黄剑威

彩云溪涌

# 整合优势
## 龙岗旅游产品策略

　　充分发挥龙岗的资源优势，丰富旅游产品的内涵与外延，把龙岗的各种优势旅游产品、优势资源重新整合，作为一个知名品牌在国内外打响，是"营销龙岗"所需要迈出的第一步。

# 一、旅游产品:量身定做

## （一）深圳龙岗：南海边的一颗明珠

龙岗坐拥丰富的旅游资源，美丽的大鹏半岛依山傍海，山水相连，是深圳最亮丽的一道自然风景，也是深圳旅游业未来发展的希望所在。优美的山海风光，客家民俗及生态休闲，迎合了现代都市人回归大自然的心理，也顺应了世界生态旅游的新趋势。特别是历史文化、客家文化和山海风光的美妙结合，形成了自然景观与人文景观的和谐统一。

以金沙湾旅游度假区、金水湾度假村、世纪海景高尔夫、七娘山为代表的旅游景点，像一颗颗璀璨的明珠镶嵌在美丽的黄金海岸上；大鹏所城是深圳市唯一的全国重点文物保护单位；客家民俗博物馆、大万世居展示了丰富多彩的客家民俗风情；碧岭生态村、东山珍珠岛、大鹏鲍鱼养殖场、海洋生物城则蕴涵高科技生态农业旅游特色；求水山公园、园山风景游览区尽显城市田园风光；初步形成了以山海风光、历史文物、客家民俗、生态环保和生态农业为主要特色的旅游格局。

2011年，大运会将在龙岗区举办，赋予了龙岗一个乘风超越的机会——向海内外游客展示其优越的旅游资源和独特的旅游产品，通过对山海文化品牌旅游产品的展示，扩大龙岗的知名度和美誉度。可以说，大运会是龙岗旅游实现飞跃发展的一个历史性契机。

龙岗区是深圳市的"半壁江山"，20世纪就有专家预言，深圳旅游"八十年代看五湖四海，九十年代看华侨城，下个世纪看大鹏半岛"。龙岗山海风光、客家民俗、生态休闲迎合了世界旅游返璞归真、拥抱自然的潮流。由此可见，龙岗旅游在未来深圳旅游市场份额中将占据举足轻重的地位，当然，稳固的地位仍需要特色鲜明的旅游产品来支撑。

坝光踏青

## （二）龙岗特色：打造个性化产品

### 1. 观光旅游

对七娘山、园山、马峦山等观光产品进行深度开发，扩大文化内涵，提高现有观光产品的文化品位。

观光旅游产品——以园山、马峦山为重点

山地观光产品：负离子洗肺、登高望远、登山观海、赏奇花异草

山地度假产品：露营、山地高尔夫

山地体育产品：山地自行车、攀岩、山地定向运动、远足健身、穿越

### 2. 度假旅游

加强对金水湾度假村、金沙湾旅游度假区、东山珍珠岛度假村等休闲度假场所的营销宣传，同时，加快下沙旅游区的开发，为游客提供休闲度假的场所。

### 3. 商务旅游

为顺应商务旅游不断扩展的新形势，强化商务旅游市场的开发，完善酒店配套设施，如：碧湖皇冠假日酒店、珠江广场、中海大运中心酒店、世纪皇廷大酒店等，为商务旅游的开展准备好"硬件"设施；同时，引进世界著名的酒店管理公司及管理人才，提升服务软件质量。以在建龙岗会展中心及即将建设的西涌国际会议度假区为依托，完善会展奖励旅游机构，做好招揽、协调、组织、承办大型会议、展览工作，全面推进商务旅游的发展。

### 4. 文化旅游

龙园的龙文化，以鹤湖新居（客家民俗博物馆）、龙田世居、大万世居为代表的客家文化，为开展文化旅游提供了良好的条件。文化旅游产品以鹤湖新居、龙田世居、大万世

居为重点。

客家文化观光游：建筑、服装、客家源流展示、歌舞、山歌

客家风情体验游：民居住宿、客家饮食、客家民间游乐活动

客家民居摄影游

客家寻根问祖游

客家婚礼

### 5. 滨海旅游

抓好游艇、海上运动等休闲度假旅游项目，开发高端旅游产品，使海洋资源与文化旅游进一步融合，吸引不同的客源层，形成颇具规模和特色的滨海旅游。

滨海旅游产品——以下沙、西涌、东涌、杨梅坑为重点

海岸公园计划将龙岗的各海岸、海滩资源按照资源类型与特色、游客需求确立各自的发展方向，拉开档次，实施不同的保护与开发模式，形成"海岸保护区——大众的游乐区——高档次的滨海度假区"的产品消费层次。

滨海休闲度假产品：红树林、珊瑚、日出、日落、礁石、小岛

海洋度假产品：海水游泳、淡水游泳、网球、羽毛球、热气球等

海洋游船产品：游艇、帆船

海洋体育产品：冲浪、潜水、浮潜、沙滩排球、水上快艇、皮划艇、垂钓、拖曳伞、海上捕捞

海洋保健产品：SPA日光浴

海洋节会产品：深圳滨海休闲旅游节等

### 6. 体育旅游

着力打造融体育、教育、文化、居住、商业、会展、旅游休闲为一身的体育新城，要争取创建体育建筑精品，使体育新城成为深圳乃至整个华南地区的大型综合体育中心；要在规划设计中引入"体育大百科"的概念，建设独具特色的世界级体育生态公园，充分体现可持续发展的理念，实现建筑、环保与艺术的完美结合。

抓住建设大学生体育城的契机，利用自行车赛场、深圳大运中心等大运场馆，开展以"走近大运•非凡体验"为主题的体育旅游。

杨梅坑

舞火龙　　摄影：刘光中

### 7.“乡村”旅游

积极探索开发生态休闲旅游产品，突出乡村特色，创新发展模式，以葵涌坝光村、南澳半天云村、布吉大芬村、布吉三联村、大鹏鹏城村、平湖生态园、碧岭生态村为依托，利用其自身优势，做大做强“特色”乡村旅游。

油画风情游：油画的创作、教学、购买及异域风情建筑欣赏

农家休闲游：住农家屋，干农家活，吃农家饭

玉石珠宝游：玉石珠宝的制作、购买等

捕鱼观光游：捕鱼、撒网、垂钓

赶海体验游：拾贝、抓鱼

## 8. 特色旅游

加快培育以工业、农业为特色的产业游，以高新工业园区和生态观光农业为切入点，规划设计2～3条工农业旅游精品线路，大力促进工农业旅游产品的深度开发和优化升级，同时，加强新建特色旅游项目的推广宣传。

工业特色：大亚湾核电基地、华南工业城为工业旅游示范点

矿山风情：鹏茜国家矿山公园和凤凰山国家矿山公园

饮食文化：中华饮食文化城、海鲜干货一条街

龙田围屋

## 二、促销方略：不断创新

### （一）让促销成为艺术

#### 1. 产品－市场反馈机制

建立产品－市场反馈体系。专门成立市场部，负责龙岗区旅游的整体销售和市场开拓工作，坚持每年进行景点、酒店市场统计和调查工作。市场调查需涉及龙岗区游客的社会经济特征、消费行为、旅游者满意度、旅游产品的市场适应性和旅游消费趋势等。

#### 2. 差异性市场营销方法

采取差别市场营销策略。即选择客源城市进行营销和鼓励景区等选择细分市场进行营销，根据每个细分市场的旅游消费需要，分别设计差异化的旅游服务，进行差异目标市场营销。

#### 3. 分期营销策略

制定各细分目标市场的开拓计划，有步骤、有计划地进行市场拓展。

### （二）促销方式

#### 1. 广告

通过积极的广告促销，强力宣传龙岗区的旅游产品，迅速树立龙岗区旅游目的地的形象，提高来自基础市场和核心市场的旅游到访率，延长旅游者的停留时间和旅游消费期限。

▶ 充分利用龙岗的旅游形象视觉识别系统，配合口号等将其运用于不同介质的旅游目的地品牌形象宣传材料和旅游商品中；

▶ 选择重要客源来向的主要交通干道（如深惠高速、广深高速等）或出入口（罗湖口岸），制作关于龙岗区旅游形象和口号的招牌广告或灯箱广告；

▶ 在广州市、深圳市、泛珠三角省份的省城等城市的主要媒体，如广州、深圳的有线电视台、凤凰卫视、广州日报、南方都市报、深圳特区报、深圳晚报、深圳商报、南方周末报等通过专题报道、专题片、旅游体验报道的形式对龙岗区旅游或新开发景点及重要景点进行宣传报道；

▶ 制作关于龙岗区度假旅游的宣传手册、招贴画等宣传资料，通过各客源城市的汽车站、星级宾馆、旅行社、旅游问讯处向游客直接免费发放，广告宣传资料要强调文字的鼓动性和图片的精美性；

▶ 在国内的著名旅游报刊（表3-1）如《时尚·中国旅游》、《旅行家》、《中国旅游报》等宣传龙岗旅游。

|  | 类别 | 媒介 | 受众/备注 |
|---|---|---|---|
| 国内 | 杂志类 | 《时尚·中国旅游》 | 月收入>4000元，25～40岁高知型都市白领 |
|  |  | 《旅行家》 | 月收入1000～5000元不等，20～39岁的高知人群 |
|  |  | 《旅游天地》 | 25～40岁、文化程度较高、白领、商旅人士 |
|  |  | 《文明》 | 略带学术性，类似Discovery |
|  |  | 《中国国家地理》 | 适于刊登图片精美的科普性文章 |
|  | 报纸类 | 《中国旅游报》 | 业界/适于刊登整版广告 |
|  |  | 省市级生活时尚报纸 | 主要优先市场广告促销的推荐媒介 |
|  | 互联网 | 新浪 | 中文门户网站，旅行社区人气最旺 |
|  |  | 搜狐 | 中文门户网站，旅行社区人气次之 |
|  |  | 携程旅游网 | 专业旅游网站，酒店预订系统更专业 |
| 海外 | 杂志类 | Travel Trade Journal | 旅游报，仅限于日本 |
|  |  | Travel Trade Gazette | 亚洲旅游新闻 |
|  |  | Action Asia | 亚洲旅游活动 |
|  | 报纸类 | 《新加坡联合早报》 | 新加坡最受欢迎的华文报纸 |
|  |  | 《澳门日报》 | 澳门著名报纸 |
|  |  | 《大公报》、《香港商报》 | 香港著名报纸 |
|  |  | 《南洋商报》 | 马来西亚华文报纸 |

表3-1 推荐的纸质媒介与互联网媒体

## 2. 公共关系

发展公共关系，积极加强与深圳市旅游局、泛珠三角各地市旅游局、各种旅游组织、各种专项休闲俱乐部等部门的联系，立足长远利益和营销战略目标，强化龙岗区在市场中的旅游地位，促使这些组织选择龙岗区作为推介和出游活动的目的地。

▶ 邀请国家及地方领导、知名人士等参观龙岗的旅游区和设施；

▶ 积极参加由广东省旅游局、深圳市旅游局等举办的各种旅游展销会或推广活动；

▶ 近期针对主要目标市场进行数次大型公关促销活动，邀请专家策划"大手笔"的公关活动，使目的地的旅游形象在目标市场产生轰动效应；

▶ 加强与国内、国际生态旅游、环保组织、山水运动俱乐部、赛事委员会、摄影协会、电影协会等的联系，积极申办一些与此相关的国内、国际会议和活动，并且争取成为这些旅游组织成员或俱乐部定期开展活动的目的地；

▶ 加强与各客源市场的旅游团体、旅行社的联系，邀请旅行社（旅游公司）的高层主管、有影响力的新闻媒介记者和专栏作家等到龙岗区参观。他们会从游客的角度发现兴奋点和卖点；

▶ 邀请作家、摄影团体、影视剧组、作曲家等到龙岗区进行相关创作，利用其发表、上映等行为进行龙岗区旅游的宣传。

## 3. 节庆赛事

举办具有特色的旅游节庆和赛事活动，扩大龙岗区旅游的影响。如举办滨海电影节。

▶ 组织各种节庆赛事活动，邀请在基础市场和核心市场影响力大的新闻单位和个人参与，如龙岗海节、龙岗山水节、帆船赛、降落伞表演赛、水上摩托车赛、龙岗摄影节、海滨电影节、美食节等等；

▶ 制定龙岗区旅游日历或台历，添加龙岗区旅游节庆日和赛事日，送给游客、旅游宣传部门、媒体等。

## 4. 互联网营销

▶ 设立龙岗旅游网，进行网上营销，全面介绍旅游"食、住、行、游、购、娱"方面的情况，为旅游者提供最新、最全面和可操作的旅游信息；

▶ 逐渐建立网上预订服务系统，包括住宿、景区门票购买等，使游客出行更方便，可能性更大。

## 5. 其他的市场开拓措施

▶ 开通800免费电话，以便更好地为游客提供咨询服务；

▶ 适当采用销售激励，如向游客赠送龙岗区旅游的VCD、发放参与旅游项目活动的优惠券、免费赠送门票、实行消费折扣、有奖竞赛等；旅游淡季实行降价销售，对旅游代理商进行销售激励。

鹤湖新居——流金岁月

摄影：张健伟

晨　练

# 三、实施营销：分期推进

根据以上对于客源市场的分析，本着将龙岗区建设成为国内一流的休闲度假旅游目的地的宏愿，主要实施如下措施：

▶ 2005～2015年作为广东省内城市居民特别是深圳市民周末、黄金周或节假日出游的休闲度假旅游目的地，以大珠三角地区城市为主要目标市场进行开发；同时作为深圳市、广东省的海滨商务会议中心，大力开发会议旅游市场；

▶ 2016～2020年以"国内的海滨度假胜地、广东著名的旅游胜地"为目标，大力开发泛珠三角市场，扩大在全国旅游市场的影响力。

1. 近期 (2008——2010年)

▶ 瞄准深圳市、广州市和香港市场；

▶ 瞄准深圳市公务会议、商务市场和周末休闲市场；

▶ 针对中青年客源，大力进行商务旅游市场和度假旅游市场的综合开发；

▶ 实行新产品开发战略，大力推行山地和滨海观光度假产品专项旅游市场的开发和营销，基本树立旅游度假目的地形象；

▶ 提高旅游产品和服务的质量，实行市场渗透战略，扩大市场影响以获得更广泛的市场认知；

▶ 重视自驾车旅游和家庭旅游的市场需求，培育和开发家庭旅游市场；

▶ 形成互联网、传统媒体、旅行社等多渠道的市场营销途径。

2. 中期 (2011——2015年)

▶ 继续提升旅游产品档次，提高旅游服务水平和景区管理质量，将大鹏半岛打造成国内重要的海滨度假旅游目的地；

▶ 继续巩固已开发市场，大力发展山地休闲、海滨度假和文化观光等专项旅游市场，对专项旅游市场进行调查，进行市场细分，开发针对性更强的产品；

▶ 继续扩大公务会议、商务市场的市场影响力，从深圳扩大到周边城市；

▶ 丰富度假产品项目内容，加大对度假旅游市场的营销，扩大其市场影响；

▶ 着力提高旅游者的逗留时间和花费额度；

▶ 开发日韩和东南亚的探亲市场，建立系统的海外营销体系。

3. 远期 (2016——2020年)

▶ 继续提高旅游产品质量，提高旅游服务水平和景区管理质量；

▶ 扩大旅游市场营销范围，提高在全国旅游市场的影响力；

▶ 巩固和加大度假/休闲市场开发，并深度开发个性化度假产品，扩大市场份额；

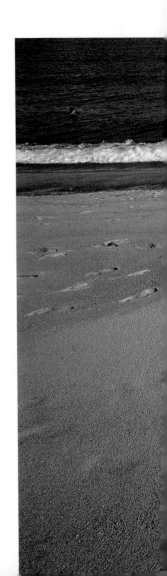

▶ 适时进行产品创新和更新，延长产品生命周期，开发符合旅游市场新需要的产品；

▶ 提高旅游者重游率，市场营销重点转向提高旅游效益；

▶ 加大力度开发度假旅游产品和专项旅游产品，营销重点转向高档次国内市场。

大　鹏

今夜我们注定无眠。

意大利都灵，北京时间2007年1月17日凌晨2点45分，国际大体联主席乔治·基里安缓缓地从信封里抽出信笺，郑重宣布："2011年第26届世界大学生夏季运动会的主办城市是……深圳！"

深圳赢了！中国赢了！

深圳，与世界没有距离——2011年，深圳将作为东道主，敞开胸怀，欢迎来自世界各地的朋友。

2008年北京奥运会和2010年上海世博会在我国形成南北呼应之势，必将成为21世纪初中国经济发展的两大"超级引擎"。

紧接着的2010年广州亚运会和2011年深圳大运会，则成为引擎的"接力棒"，犹如传递的熊熊火炬在中华大地熠熠生辉，成为我们每一个中国人的共同期待，承载起中华民族百年的腾飞梦想。

深圳成功申办大运会，主场馆设在深圳市的龙岗区，这对龙岗而言是千载难逢的重大历史性机遇。作为大运会主场馆所在地的龙岗，将在国际文化舞台上扮演主角，将被推到深圳城市发展的前台，将实现跨越式发展。

光荣与梦想属于深圳，更属于龙岗！

大运篇

深圳市大运中心·大运村奠基典礼
Foundation Stone Laying Ceremony For Shenzhen Universiade Sports Center & Universiade V
**2006.12.12**
主办单位：深圳市人民政府
Sponsor: Shenzhen Municipal Peop

大运中心奠基仪式

大运中心

奠基

二〇〇六年十二月十二日

# 昨日回望
## 历届世界大学生运动会回顾

　　大学生运动会被人们习惯性地称为"小奥运",由此可见这项体育赛事的重要地位及影响,深圳申办大学生运动会的成功,使得小奥运真正地走进了我们每一个人的心中。让我们一起走近大学生运动会,并期待着龙岗大学生运动会为我们带来更加灿烂的辉煌。

## 一、大运起源：探索世界大学生运动会奥秘

世界大学生运动会（World University Games）素有"小奥运"之称，是由国际大学生体育联合会（Federation Internationale du Sport Universitaire）主办，只限在校大学生和毕业不超过两年的大学生（年龄限制为17~28岁）参加的世界大型综合性运动会。

20世纪20年代初，当时的国际大学生组织就已开始计划举办世界大学生运动会。1923年5月，在巴黎召开了世界大学生体育代表大会，会议决定次年举行第一届国际大学生运动会。1924年，首届国际大学生运动会（International Universities' Games）在华沙举行，设田径、游泳和击剑3个比赛项目。此后，运动会不定期举办，至1939年共举办了8届。后因第二次世界大战运动会被迫中断，1947年恢复举行。但从1951年起因国际形势的变化，分裂成东西方两个运动会，西方的名为"国际学生体育运动会"，东方的叫"青年学生运动会"或"青年友好运动会"。两个阵营各自组织和举办自己的大学生运动会。

1957年，为了庆祝法国全国学联成立50周年，在巴黎举行了国际性的大学生运动会和国际文化联欢节。经与会30个国家的代表一致同意，决定以后定期举办世界性的大学生体育比赛，定名为"世界大学生运动会"，原则上每两年举行一届。

1959年，第一届世界大学生运动会在意大利都灵举行。"大运会"的名字及FISU会旗——"U"字旗在都灵诞生，这一年，FISU会歌"Gau deanms Igitm"代替了民族乐曲。自此，世界大学生运动会正式兴起。

拟建的2011年深圳大运会体育中心

南澳月亮湾　摄影：张健伟

## 二、大运盛况：重温历届大运会经典

都灵第一届大运会取得了极大成功，有来自40个国家的近1400名人员参加。之后，1961年在索菲亚举办了大运会，加强了东西方的联系与统一。

与此同时，法国于1960年在查莫尼克斯举办了第一届冬运会，从此结束了FISU的"世界冬季周"循环。这次"世界冬季周"是由U.I.E在扎科佩恩所举办的锦标赛之前，于1959年在2011 Am see举行的最后一次冬季周。从此松散的运动会时代宣告结束。

随后几年世界青年体育运动有了进一步的发展。首先在1963年，在巴西举办的Port Allegre大运会上组建了南美运动会；此后1965年在匈牙利的布达佩斯举办了大运会，而此次运动会也因美国第一次以官方身份参加FISU所组织的运动会而显得意义重大。当时，美国运动员仅在游泳项目的决赛中就取得了7块金牌，世界青年运动会的竞技水平得以提高。

两年后大运会被日本协会提升到了更新的高度。日本协会举办了亚洲首届大学生运动会，并创造了一些夏运会上让人难以置信的纪录。1964年奥运会也在日本东京举行。

20世纪60年代中期一共举办了4次冬运会，而1966年在塞斯蒂拉斯举办的冬运会，代表了60年代历次运动会的主旋律。在此次冬运会上，举办者组织了穿越法国和意大利中部边境的越野赛和跳高比赛。法意两国政府间签订了允许参赛运动员在出示有效证件后可自由穿越国度的协议。

20世纪60年代末到70年代初却走到了FISU发展史上最为忧患的时期，因为葡萄牙政府在1969年运动会开始前6个月取消了里斯本大运会。

幸运的是，为了在全世界体现大运会的形象，都灵在1969年主张为FISU提供帮助，建议在1970年举办夏季大运会。自1959大运会后11年后，来自58个国家的2800名参与者再次欢聚都灵，开始了"隆重的大运会"时代，同样，在3年后的莫斯科，来自70个国家的3600名参与者汇集"列宁中心"体育馆，参加了在苏联举办的大运会。

意大利运动协会从1948年开始就为FISU提供了价值连城的帮助，不论是从组织运动会（包括3次冬运会，1997年的大运会，4次夏运会），还是为FISU提供的人力方面，把他们的聪明才智贡献给了大运会，意大利运动协会为保持并把大运会提高到国际水平做出了不可磨灭的贡献。

在罗马召开的全体代表大会上，会员协会把索菲亚定为第9届大运会的举办地，这在日后被证明为明智之举，随后，索菲亚又承办了1983年和1989年大运会，历史的发展证明索菲亚不愧大运会体育城的称号。

20世纪60年代FISU所承办的大运会在组织形式、参与程度及比赛项目水平上都得到了很大提高，1977年的大运会更进一步推进了FISU运动会，1979年在墨西哥举办的大运会首开辉煌的纪录，吸引了79个国家参赛。随后因莫斯科拒绝参加奥林匹克运动而将在布彻里斯特举办的大运会视为绥靖大运会。

1983年，在埃德门兹顿举办了北美大陆首届大运会。而后在1985年神户及1987年萨格勒布举办的大运会创造了令人惊异的成绩，创下了至今仍未被打破的纪录。在日本举行的第二次大运会，吸引了106个国家参加，121个代表队创下了纪录。"世界青年为了一个和平的世界"成为1987年捷克斯洛伐克大运会的标语。

在成功地举办了1991年莫菲尔德大运会之后，FISU重振雄风，确认了随后8年的比赛日程，保证了大运会的持续举办（1995年福冈大运会，1997年西西里大运会及1999年拉斯帕尔马斯大运会）。从此保证了FISU具备了连续举办大运会的实力以及拥有优越的资金来源做其后盾。凭借此项决策，FISU能够帮助莫菲尔德组织者履行向发展中国家提供援助的项目顺利落实。正是由于此项援助，100多个国家参加了在莫菲尔德举办的大运会。

1991年发生了另外一次历史性的事件。杜伊斯堡大运会两年后，当时所有人都认为东西德国的任何联合都是一场梦境，但我们首次目睹了统一以后的德国在同一旗帜下参加同一次大运会。

随着50年庆典的来临，FISU有能力向世人展示其先辈及其会员、协会成员的风采以及所取得的丰硕成果。1992年11月份，普里莫·内比奥罗主席怀着激动的心情主持了FISU大厦的落成典礼。该大厦毗邻布鲁塞尔大学图书馆，是比利时首都最好的建筑物之一，它是FISU的象征，正是由于成千上万志愿者的辛勤付出和良好的祝愿，FISU才能够克服重重困难，与所有大型联合会和世界体育运动协会一道，步入了一个新时代。在这个年代，电视和市场运作权允许将国际性体育运动组织的管理职业化。

1993年，在法国人琼·皮迪琼成功举办第一届世界大学生运动会70周年后，FISU在布法罗实现了美国人的梦想。80000多名观众参加了在里奇体育馆举行的开幕式，新颖的体育设施给参加大运会的15000名志愿者留下了很深的印象。来自117个国家的5105名参与者将会永远在内心深处怀着强烈的情感回味贯穿整个大运会始终的友好气氛。42个国家得到了来自FISU和IOC的经济援助，从而使他们能够顺利参加第17届大运会。

1995年在日本福冈举办的大运会更为辉煌，对于162个国家的5470名参与者来说，这是他们第一次踏上日本国土。他们一到日本，第18届FISU大运会就感受到东道方日本国所组织的这次大运会是无与伦比的。世界大学生体育运动组织向积极参加这次盛会并取得成功的各国运动员表示感谢。同时，日本天皇和皇后出席了开幕式和闭幕式，向世人展示了日本民族在为实现我们的理想所作的不懈努力。

1997年8月9日在巴勒莫的拉费沃里塔体育馆举行了第19届大运会开幕式。这天将使西西里人民铭记在心，当地人民为此次大运会的举办投入了极大的热情。这是在意大利这个地区首次举办的如此规模的运动会。据FISU统计的资料表明，来自124个国家的5286名人员参加了这次盛会。参与者的水平也是空前的：共计33名奥林匹克运动会金牌得主和48名世锦赛得主汇集在西西里。

至今，世界大学生运动会已举办过24届。2011年的第26届世界大学生夏季运动会即将在我国深圳龙岗举行。

世界大学生运动会正式规定的比赛项目一般有田径、游泳、跳水、水球、体操、击剑、网球、篮球和排球等9项，但东道国有权再增加1项。例如1977年的东道国保加利亚增加了摔跤，1979年墨西哥增加了足球，1985年日本增加了柔道。1960年，仿奥运会赛制，又在法国夏蒙尼举办了世界大学生冬季运动会。起初，夏季运动会和冬季运动会分别在单数和双数年份举行，从1981年起改为在同一年度举行。至1999年，世界大学生冬季运动会已举办过19届，比赛项目有速度滑冰、短道速滑、花样滑冰、高山滑雪、越野滑雪、跳台滑雪、冬季两项、冰球、北欧两项、滑板滑雪。

1959年第一届世界大学生运动会，中国参加了部分田径项目的比赛。从1961年第二届起至第八届，中国均未派团参加。1975年，中国被接纳为国际大学生体育联合会正式会员。从1977年第九届起，中国派团参加了迄今为止的历届世界大学生运动会。

而随着2011年的第26届大运会"花落"深圳，"花落"龙岗，我们相信，在龙岗这片热土上，我们的体育健儿们一定会演绎出别样的精彩！

龙城广场晨练　摄影：周洋

拟建的2011年深圳大运会主体育场

# 思路定出路
## 聚焦大运旅游

2011年，第26届大运会将在深圳举行。

对于深圳龙岗而言，既是荣耀，更是压力。

怎样才能把大运会变成龙岗旅游业永不落幕的盛会？

在深圳把旅游业培育成第五大支柱产业，作为增强深圳发展后劲，实现新一轮增长突破口的今天，这个问题应该成为我们思考深圳大运会的规划建设以及未来城市建设和发展的重点和焦点。

# 一、"大运旅游"——龙岗旅游新的起点

## （一）数字呈显效益

运动会对举办城市的综合效益明显。

大型运动会能有效地促进入境游客数量、旅游外汇收入的持续增长，举办城市旅游形象的提高、旅游设施和服务水平的改善，同时直接带动会展、会议、体育等专题旅游活动的增长。

1984年洛杉矶奥运会吸引洛杉矶以外的游客608760人，这些人平均在洛杉矶逗留6天。运动员及官员为15860人，国际组织官员8700人，新闻媒体5000人，旅游消费支出达4.389亿美元(1984年美元价格)。

1988年汉城奥运会期间，入境旅游者增加16.4%，外汇收入增加97%。汉城奥运会吸引的境外游客约为24万人左右，奥林匹克大家庭成员为39332人，以上人员在韩国的消费支出约为3.42亿美元（1988年美元价格）。

1992年巴塞罗那奥运会吸引的外国游客及西班牙加泰罗尼亚省以外的游客为40万人左右，奥运会大家庭成员55000人。

1996年亚特兰大奥运会吸引的游客为818642人，奥运会前和奥运会后来乔治亚州参加与奥运有关活动的游客为273519人，上述游客在美国共计支出13亿美元，其中11.46亿美元的消费支出流向乔治亚州。

2000年悉尼奥运会，除了吸引万余名运动员和官员，以及12000多名媒体记者外，还吸引了25万名海外游客。在奥运会的16天里，到达悉尼的国内外游客人数达到了100多万，给悉尼带来了旅游的黄金季节。有资料显示，从1997年算起的4年里，举办奥运会给澳大利亚带来的旅游总收入达到了42.7亿美元。1997年至2004年期间由于2000年悉尼奥运会的影响，到澳大利亚的国外游客额外增加160万人，为历届奥运会之最。国外游客在

澳大利亚支出61亿澳元(42.957亿美元，1995年美元价格)。2000年悉尼奥运会使澳大利亚旅游形象效益超前10年，极大提升了世界各国对澳大利亚旅游的热情和期望值，对澳大利亚的入境旅游市场产生了深远的影响，澳大利亚作为度假目的地的排名在奥运会后有了很大上升。

拟建的2011年深圳大运会体育中心游泳馆

### （二）"大运旅游"新机遇

曾有专家主张，龙岗应采用以旅游城市化为主导的城市化模式，引导人口向城市集中，推动城市产业发展和城市文化扩散。从这个角度来讲，旅游业是龙岗发展的重要推动力量。

龙岗区历来十分重视旅游业的发展，下大力气塑造龙岗旅游品牌。近年来，龙岗旅游人数呈现出不断上升的势头，据统计，2006年龙岗全年接待游客近650万人，同比增长1/4以上。

2011年大运会的申办成功，为龙岗旅游业做大做强注入了一支强心剂。对"大运旅游"发展机遇的把握，将关系到龙岗旅游业最近5年乃至更长时间内的命运。

#### 1. 美丽的后花园

龙岗是深圳面积最大的市辖区，位于深圳市东北部，地理位置得天独厚。并且龙岗拥有丰富的旅游资源，被称作"深圳美丽的后花园"。

有此雅称，皆因龙岗拥有无与伦比的天赋自然环境；

有此雅称，也因为龙岗拥有一大批人文景观；

有此雅称，还因为龙岗古朴淳厚的民俗民风、丰富的客家名菜及各式海鲜美食。

根据自身的旅游优势，龙岗近年来推出了滨海游、乡村游、红色游、文化游等一系列旅游产品，初步开创了龙岗的旅游品牌。

#### 2. 尚待深挖的潜力

打旅游牌为龙岗赢得了一步先机，龙岗已经初步成为本地及周边地区市民短途出游的主要目的地，国内外游客每年大幅增长。

旅游资源的宣传和旅游产品的推介直接带动了旅游企业特别是酒店业的发展。2006年游客在龙岗人均停留时间接近4天，纳入统计的宾馆酒店营业额以50%以上的速度增长。据不完全统计，2006年新增酒店客房数在50间以上的经济型酒店和品牌商务连锁酒店有20多家，新增1700多个床位。

为了保持旅游竞争优势，龙岗还启动了鹏茜国家矿山公园、凤凰山国家矿山公园和冰雪世界三大旅游项目的开发，打造精品，立足差异化战略，推动旅游业的长足发展。

发展势头一片大好，表明龙岗的旅游资源正在逐步得到游客的认可，也意味着龙岗的旅游业蕴藏着巨大的潜力。根据龙岗区旅游局最近两年的统计数据，四季如春的气候条件下游客数量却明显具有季节性特点，说明龙岗丰富的旅游资源转换成旅游产品的力度和旅游产品转换成为旅游品牌的力度还有待进一步加强。

龙岗区重要旅游资源——金沙湾旅游度假区目前面临的情况在龙岗很有代表性。

金沙湾位于大鹏湾畔，是深圳东部黄金海岸的重要景点之一。虽然金沙湾的水质和环境都优于大梅沙，而且海上运动项目齐全，但是由于交通不便、餐饮住宿等配套设施滞后等原因，吸引的只是龙岗本地人和市内部分有车一族，游客数量还不够理想。

基于此，龙岗应该加大宣传力度，让广大市民和更多的游客知道，深圳不只在大小梅沙有海滩，在龙岗、在金沙湾有更美丽的沙滩。没有强大的宣传攻势，就不可能把龙岗丰富的旅游资源推广出去，旅游业也无从发展。

2011年大运会的申办成功，为龙岗深挖自身旅游潜力提供了良机，"大运旅游"将成为龙岗旅游做大做强的机遇。

### 3. 大运旅游链条将出炉

近年来，各国、各地举办的大型国际体育活动，旅游业在其中发挥了非常重要的作用。反过来，这些体育赛事也极大地促进了举办地旅游业的蓬勃发展。

大运会是一笔巨大的财富，对龙岗的旅游业具有直接的促进作用，不仅能直接吸引更多的国内外游客，还能拉动旅游相关产业，如酒店的入住率、景点的客流量以及餐饮业等。

半天云村

第26届世界大学生运动会主会场落户龙岗，不仅是深圳建设国际化都市的标志，也大大提高了龙岗在世界上的知名度。为此，龙岗区已将"大运旅游链条"酝酿成熟。其中包括：利用当地丰富的矿产资源，加快鹏茜国家矿山公园、凤凰山国家矿山公园和冰雪世界三大旅游项目的开发；推进中华饮食文化城建设，进行下沙、西涌片区的旅游开发工作；推进东部旅游口岸的筹备工作，积极筹建珠江广场、坪山乐安居酒店、中海大运中心酒店项目建设。

另外，龙岗区保存完好的历史古迹，原汁原味的客家风情，原生态的滨海风光也一直是龙岗旅游的亮点。"用龙岗的青山、碧水、蓝天迎接'大运会'，迎接八方来客。"这是龙岗区委、区政府号召当地市民迎大运的共识。

### 4. 大运激活龙岗旅游新视点

举办大运会的直接结果是游客量的增加，这就必然会增加龙岗的餐饮、酒店和门票等方面的收入。而且，政府会更加重视旅游基础设施的建设，这对于龙岗旅游的长远发展是举足轻重的。

大运除了使龙岗的景点、酒店等旅游设施产生质的提升，还会使龙岗在国内和国际的知名度大幅提高，为了抓住这个机遇，2007年龙岗区旅游工作以"大运旅游"为中心，推出"美丽的龙岗 青春的盛会"迎接大运大型主题活动等一系列推广活动，"体育游"将成为龙岗旅游一项新的内容。

龙岗现有旅游基础设施较为滞后，如果不能满足消费者对于食、住、行、游、购、娱的需求，他们就会在龙岗观光，在市区消费。游客前往龙岗只是看看大海、吃吃海鲜，消费有限，不过百元而已。对于基础旅游设施建设，龙岗做得越晚，发展就越滞后。

"体育游"主要是通过加快体育旅游的多元化建设，开发"喜悦游"、"见证游"、"感受游"等旅游产品，让游客近距离感受大运场馆，把大运机遇切实转化为大运效应，使大运不仅仅是体育盛会，也是旅游盛宴，利用大运会这个历史契机，推动龙岗旅游业迈上新台阶。

而对于"大运旅游"的宣传，主要是提升龙岗的知名度，尤其是在国际上的知名度，让更多人知道龙岗，知道龙岗的旅游资源。就如同北京对奥运会的宣传一样，很多人因为北京将要举办奥运会而到北京旅游，但是到了北京还是要去故宫、去长城；龙岗对大运的宣传也是如此，把游客吸引过来，看的主要还是现有的资源。

### 5. 高端旅游是强心剂

按照国家旅游局的统一部署，深圳近年来正全力创建"中国最佳旅游城市"，"大运"概念的营销，将提升海外市场的份额。国际化发展将是龙岗旅游发展的目标。

"大运会"期间，来自世界100多个国家的选手、观众将来到深圳龙岗，其中相当一部分经由港澳地区过境，深港澳三地游将成为一条国际线路。目前龙岗区旅游局已制定了突出龙岗特色旅游，并入深港澳旅游金三角版图中的"大运构想"。

申办大运会成功是一次推进龙岗城市建设提速的良机。轨道交通、高速公路、市政道路，未来这些连接市区和大运场馆的路网贯通关内与关外，将缩小龙岗与特区内差距。

以第二产业为主的龙岗将崛起以酒店、金融为主导的第三产业，这些高端旅游业的发展，对龙岗优化调整产业结构的作用将十分显著。预计到2011年大运会召开，深圳星级宾馆总数将增加500家以上，其中相当一部分将落户龙岗中心城。此外，随着龙岗旧城改造、基础设施的完善，龙岗原来服务香港的定位也将借"大运旅游"得以实现。

海上滑翔

## 二、奏响"大运旅游"乐章

### （一）借"大运旅游"展示龙岗风采

深圳承办大运会的工作刚刚启动，大运商机就吸引了港澳地区的旅游运营商。2007年4月23日，在龙岗区政府举行的"港澳粤百家旅游运营商共拓龙岗大运旅游商机采风"活动中，来自港澳的百家旅游运营商对大运契机下的龙岗旅游充满了信心，纷纷表示山海龙岗的旅游资源太丰富了，将大力向来港澳旅游的海外游客推介龙岗，将龙岗"大运"概念引入本地旅游产品包装的内容。

龙岗区委区政府加强了宣传推介工作，不断扩大旅游的影响力。同时，注意学习、借鉴北京奥运宣传经验，让世界了解龙岗。利用2011年第26届"世界大学生运动会"主会场落户深圳市龙岗区的契机，将龙岗旅游定位于国际知名旅游胜地，与港澳形成各具特色的旅游金三角。

### （二）围绕大运会做文章

2006年龙岗旅游取得了重大突破，龙岗区旅游局与《深圳特区报》合作推出的"山海龙岗旅游文化季"非常成功，2007年龙岗旅游又围绕大运会做文章，推出以"青春大运 美丽龙岗"为主题的系列活动，在大运会受益的多个行业中，旅游将是最大的受益者之一。

2007年龙岗区旅游产业规模不断扩张，客源市场不断拓展，旅游工作不断向广度和深度发展，全区共接待游客737.58万人次，同比增长了13.6％，旅游收入41.80亿元，同比增长了15.5％，超额完成了全年的各项目标任务。2007年龙岗旅游确定了以"中国和谐城乡游"为旅游主题，坚持"开发建设精品化、市场营销品牌化、行业管理规范化"的方针，以"中国最美的海岸"、"广东最美乡村"、"深圳历史文化最悠久的地方"、"龙岗最有发展潜力的地区"为宣传品牌，加快发展高端旅游，推动旅游业又好又快发展。

在深圳申办大运会成功的大背景下，龙岗旅游推出一系列大型主题活动，体育游项目也将纳入龙岗旅游，广大游客通过体育旅游和体育观光，体验龙岗、感受大运，力争利用大运会这个历史契机，推动龙岗旅游大发展。

### （三）龙岗营造生态休闲旅游天堂

深圳市龙岗区拥有130多公里长的海岸线，其中大鹏半岛被评为中国最优美的八大海岸之一。放眼世界，澳大利亚黄金海岸对龙岗有两条启示：一是山海资源必须进行文化包装，将静止的自然资源变成活的黄金旅游资源；二是包装旅游资源要坚持生态价值优先和环境至上理念。黄金海岸的海岸线比龙岗少了80公里，但旅游产值是龙岗的30倍。龙岗要将文化旅游、生态旅游、高端旅游设施建设结合起来，这样才能将旅游资源升华为旅游资本，使生态效益升华为发展优势。

伴随着2011年大运会的到来，龙岗旅游产业将实现六大转变：

一是从区位弱势转变为区位强势——40分钟交通圈的形成将使龙岗形成巨大的城市磁吸效应，会聚巨量的人流和消费群体；

二是由交通"瓶颈"转变为交通便捷——7条跨境高速公路、数条快速干线、地铁三号线以及深惠路勾勒了一幅四通八达的交通网络图；

三是由深圳旅游的后台移向深圳旅游的前台——未来龙岗旅游的快速发展，尤其是体育新城、东部新城以及大鹏半岛的建设，将使龙岗旅游一跃成为深圳旅游的前沿地带，将会成为众多海内外游客的直接旅游目的地；

四是由小、散、乱的产品布局向精致、集中和有序的布局转变——龙岗未来旅游将由内陆和滨海两大板块支撑构成，形成一带两城多产品和一岛两区多村落的产品布局；

五是从龙岗产业结构的后端移向前端——未来龙岗将重点发展现代高端服务业，而旅游产业是现代服务业发展的重中之重，必将成为政府优先发展和重点支持的产业；

六是从旅游产业要素的基本配套向配套完善转变——当前龙岗旅游产业的六大要素大体满足当前的基本需求，但产业要素的配套远未完成，需要龙岗全区花大力气、大手笔实现产业的高端化和产业的完善配套。

占地约12平方公里的西涌国际会议旅游度假区将被打造成世界级的休闲度假产品，以高端化、国际化的滨海度假胜地和会议中心为特色，发展滨海旅游、度假休闲、商务会议和体育娱乐旅游；下沙国际旅游度假区也将打造成世界一流的旅游产品，建成一个配套服务设施齐全的滨海度假基地。

鹏茜国家矿山公园是国家级的矿山公园，占地约42.7万平方米，是融知识性、艺术性、体验性为一体的功能齐全的旅游产品。大鹏所城作为深圳唯一的国家文物保护单位，是以明清文化为基调，展现所城的军事文化、将军府第、民居民俗，融知识性、教育性、体验性、娱乐性于一体。客家围屋是龙岗最具有代表性和标志性的建筑，也是龙岗重点开发的旅游产品。

从产业发展的内部定位上看，龙岗旅游的内陆板块将集中发展商务观光娱乐旅游，滨海板块将集中发展休闲度假会议旅游，这两个板块将成为龙岗旅游的两大引擎，助推龙岗旅游产业向高端化发展。

浪骑游艇会

## 三、酒店业借势壮大

大运深圳，花落龙岗。整个龙岗都处于亢奋状态，如何抓住机遇，以后现代理念建设代表深圳21世纪发展水准的新龙岗，成为了龙岗上下的共识。龙岗明显加快了高端服务业建设的步伐，作为旅游业的重要组成部分，龙岗酒店业的发展不断传出令人振奋的消息：建一个五星级酒店由龙岗区奖励2000万元，建一个白金五星级酒店该区将奖励5000万元；到2020年，龙岗区将引进资金60亿元建设20座高星级酒店，以及打造"深圳亚龙湾"等重大项目。

### （一）龙岗迫切需要高星级酒店

龙岗现有星级酒店9家，与珠江三角洲相邻地区及深圳市其他区相比，龙岗每百亿元GDP拥有星级酒店数量严重不足，而且明显低于东莞、广州、珠海、佛山等邻近地区。

龙岗区意识到，龙岗的发展必须站在全球角度谋发展，不靠土地等比较优势拼高低，靠生态旅游等资源优势，以后现代理念21世纪水准打造新龙岗。大运会不仅仅是一次体育盛事，而且是一种颇具规模的商业活动和旅游盛会。

据统计，目前龙岗全区有著名企业7000多家。按国际惯例，每10万元GDP中就有一个商务客人，龙岗每年共有105万商务客源，目前接待能力只有40万人次，存在巨大量差。未来龙岗将集中发展高科技含量、高人力资本、高附加值、高带动力、高开放度的产业，加快高新技术产业与先进制造业基地，以及创新金融、文化、会展、商务、旅游、现代物流等基地的建设，构建符合后现代国际化城市发展所需要的新型产业经济体系。

龙岗近期将重点发展服务于大运会赛事、商务会议、休闲旅游等功能的8块酒店用地，分布在下沙、龙歧湾、桔钓沙和西涌等区域。如面积约2万余平方米的体育中心高交会馆西侧酒店，地处龙城西区、面积约2.3万平方米的中海大运中心高星级酒店，面积约5.3万平方米、地处龙岗宝龙工业区的宝龙工业城酒店等。

君逸酒店

## （二）加大对高星级酒店用地的规划和供应

为加快龙岗高星级酒店业建设步伐，龙岗区出台了包括用地规划供应、地价缴交、城市旧改、资金扶持、政府审批等12项优惠措施，以推进高星级酒店建设。

这12条优惠措施包括：一是加大对高星级酒店用地的规划和供应。在遵照城市规划及土地出让年度计划的前提下，结合市场需求，有重点、有选择、分批量地进行高星级酒店用地供应。二是优化配置和高效使用酒店项目土地资源。经政府有关主管部门批准，可增加酒店项目综合性、兼容性，如增加会议、商业公寓和产权式酒店等。三是高星级酒店用地属于经营性用地，为了体现市场竞争的公平、公正、公开性，按照深圳市经营性用地转让方式的有关规定，要采用招标（邀请招标或公开招标）、拍卖或挂牌等市场化出让方式。四是高星级酒店项目用地允许分期或用按揭付款方式交付地价款。五是对区内兴建成规模、投入大、客房数在200间以上、至少有8000平方米客房容积的高星级酒店的城市基础设施配套费可采取分期缴纳的办法给予支持，由国土资源部门制订具体实施规定。六是加大区经济发展资金对高星级酒店的扶持力度，利用政府资助专项资金为符合条件的高星级酒店投资企业的银行贷款提供贴息。七是在推进城市化进程中，特别在原村集体工商用地建设和"旧改"范围内有商业用地时，要根据规划功能布局，按相关政策规定，对建设高星级酒店进行引导。八是对高星级酒店发展，实行产业扶持奖励政策。对评上三星级以上的酒店给予重奖，特别是对建设白金五星级的酒店给予5000万元奖励。九是结合政府审批制度改革，规范建设高星级酒店项目的规划、报建制度，按照公开、公平、公正的原则完善程序，简化手续，提高审批效率。对投资高星级酒店项目，区政府各有关部门要参照招商引资的政策办理。十是区公安等执法部门要加大整治辖区社会治安力度，检查酒店时必须严格遵守执法程序，为高星级酒店经营提供良好的营商环境。十一是区内的高星级酒店，按实际安装终端数的50％收取有线电视收视费。十二是加大对高星级酒店的推介宣传力度，区政府各有关部门将充分利用春茗会、招商会等多种形式，积极推介高星级酒店，帮助高星级酒店广辟客源渠道，并积极扶持组建旅游酒店协会，充分发挥行业组织的协调和自律作用。

### （三）学习东莞，借力东莞，发展酒店业

2007年7月，龙岗组成党政考察团专程前往东莞考察当地的酒店业，东莞高星级酒店发展速度、规模以及经营模式给了龙岗区领导很大震动，表示龙岗区要学习借鉴东莞发展高端酒店业的好经验、好做法，充分认识酒店旅游业在经济社会发展中的作用，强力推进龙岗区高星级酒店业的发展，以高端化推进龙岗现代服务业的发展。

龙岗区举行了针对东莞投资商的高星级酒店投资环境推介会，对体育新城、大鹏下沙、龙歧湾、南澳桔钓沙等8块酒店用地进行集中推介。

其中，东部沿海地区大鹏下沙酒店、南澳桔钓沙酒店、葵涌街道"鑫海湾旧改"项目以及南澳街道"海珍品厂旧改"项目因其区位、地理优势吸引了不少东莞投资商的注意。

根据东莞投资商的建议，龙岗区东部沿海地区建设星级酒店应参考海南亚龙湾概念，统一规划、建设，实现深圳东部星级酒店产业带。龙岗区有关部门负责人表示，到2020年龙岗区将建设20家高星级酒店，其中五星级酒店10家。规划中，大鹏下沙海湾、南澳桔钓沙海湾以及金沙湾等东部黄金海湾是五星级酒店、白金五星级酒店聚集区，力争从规划上实现酒店企业在地理空间上的集聚性，实现规模效应，提高集群竞争力。

### （四）借大运契机打造深圳"亚龙湾"

当前，龙岗区正处于经济社会发展的最好时期，也是高星级酒店业投资建设的最佳时期。大运契机、政策扶持、资源优势是龙岗发展酒店产业的难得机遇。龙岗区借大运契机，在大鹏半岛建设五星级酒店群，打造高标准的旅游胜地——深圳的"亚龙湾"。

龙岗区高星级酒店业发展的重要机遇就是迎办大运会，这一世界级体育赛事将成为拉动龙岗酒店业发展的强大引擎，将直接刺激和推动酒店业的快速发展。据测算，大运会期间，至少将有1万名运动员、教练员和官员来到龙岗，300万以上的观众到龙岗观看比赛。

巨大的市场需求、稳定的客源，显示龙岗发展酒店业的市场氛围已经成熟。

龙岗区发展高星级酒店面临五大机遇：第一，龙岗经济迅猛发展，商务活动日趋活跃，为酒店业发展提供了巨大空间。第二，龙岗迎来了前所未有的两大历史性发展机遇，为龙岗酒店业的发展提供了绝佳的契机。第三，龙岗具有独特的生态资源和人文资源优势，为酒店业发展提供了基础条件。第四，龙岗优越的地理位置和便捷的交通条件，有利于高星级酒店吸引周边地区庞大的客源。第五，龙岗酒店业自身已经具备了腾飞发展的坚实基础，为各方投资提供了最佳时机。

目前，龙岗正加大酒店用地供应力度，近期规划了8个地块；加大服务力度，营造优良的软环境。将坚决保护酒店投资业主的合法利益，做到规范管理、高效服务，为高星级酒店经营提供良好的营商环境，借大运契机打造深圳"亚龙湾"。

世纪皇廷大酒店

龙城广场　摄影：周洋

# 雄心孕希望
## 大运点燃未来的火炬

当第26届夏季世界大学生运动会落户深圳的消息传回国内时，深圳成为了欢乐的海洋，而大运会的主战场——龙岗也喜极而泣。

在这样一个年轻的城市，龙岗就犹如藏在深闺的大家闺秀，一直在等待着如意郎君的出现，而大运会则提供了一个展示龙岗"龙的英姿、龙的胸怀、龙的胆魄、龙的气势"的平台。

躬身尽责促和谐，革故鼎新再腾飞。

龙岗区政府和人民都看到了发展机会，看到了未来的美好篇章，正摩拳擦掌地将自身的热情和才智洒向龙岗这片沃土，重点出击大运会旅游，志在谋求谱写龙岗未来华丽的乐章——"和谐龙岗、效益龙岗、平安龙岗、生态龙岗"。

# 一、启动引擎：开发特色旅游产品

配备打造了一流的设施和环境，就如同建造一座房子打下了良好的根基，可是如果没有将一块块建筑材料组装构造，体育旅游这座大房子也只是一堆零散杂乱的物品，毫无生机。

## （一）打造"大运中心体育商务圈"，构建体育旅游内核

"大运中心体育商务圈"虽只是一个构想，但却是龙岗区打造体育旅游的重要方向。深圳市在国家级体育产业基地成功挂牌后，正努力争取使体育博览会永久落户深圳。尽管体育博览会还只是遥远的未知数，但深圳龙岗大运中心场馆以及体育新城的开发建设，已是不可更改的事实。

这是龙岗区面临的发展体育产业的机遇。

龙岗区可以结合自身和周边地区体育用品制造业发达的实际，以会展中心为基地，大力发展体育用品展览业，定期举办各类体育设备、体育器材、体育用品的专业展览；通过体育博览会和体育批发中心构建体育旅游的内核——体育商务游，将新世纪比较热门的奥运旅游和商务旅游转换形式，形成龙岗独特的旅游产品；在体育用品会展和体育用品交易两种元素基础上，通过注入体育表演、体育健身娱乐、体育观光、体育培训等上下游产业元素，促使龙岗体育旅游产品逐渐丰满和愈加富有吸引力。

## （二）重点突击滨海休闲度假地，增加体育旅游魅力

鲜花只有在绿叶的衬托下才显得更加鲜艳美丽。由于大自然的垂青，龙岗区拥有我国最美的海岸和沙滩。体育旅游不再是孤独一枝的鲜花，因为有了滨海旅游这簇绿叶的陪衬，从而万事俱备，东风拂面。大运会这张体育名片的内容愈加丰富。

深圳东部黄金海岸线全长100多公里，以海滨休闲度假为旅游特色，主要包括梧桐山、沙头角、盐田港、大小梅沙、大鹏湾、大鹏半岛以及龙岗区内各旅游项目。作为距离

桔钓沙

深圳市中心最近的主要海滩，大梅沙成为深圳休闲度假的海滨胜地。位于深圳市东部的大鹏半岛，毗邻香港，东濒大亚湾，包括南澳、大鹏、葵涌三镇，三面环海，中有高山，境内多丘陵和山地，有着丰富多彩的旅游资源，其中，南澳海鲜一条街、南澳海滨旅游中心、七娘山、下沙湾海滨旅游度假区、鹏城古迹等旅游景点吸引了大量游客，也使大鹏半岛逐渐成为融自然景观、古迹胜地、园林建筑为一体的地区性旅游区。

丰富的滨海资源提供了开展体育运动的良好禀赋，借大运会水上运动中心的东风，深层次开发滨海休闲度假产品，开发多种形式的旅游项目，如水上游泳、沙滩排球、水上乐园等等，引入"休闲体育"概念，着重融合自然、体育、休闲多样元素，为龙岗体育旅游添砖加瓦。

除此之外，龙岗体育旅游资源不仅蕴涵水的亲近柔和，同时也囊括了高尔夫球的绅士典雅、篮球的激情豪迈……当多种体育元素的相互碰撞和多种体育特质达到水乳交融之际，龙岗体育旅游必将成为龙岗旅游的一朵奇葩。

## （三）深度挖掘龙岗体育文化，推动体育文化产品建设

旅游文化是形成深圳旅游整体形象和特征的基本要素，对提高资源附加价值，增强旅游产品吸引力，改善旅游服务质量，提升旅游品位，开拓旅游市场具有不容忽视的重要作用。

以旅游文化的形式，宣传深圳整体旅游形象，丰富游客和市民的精神文化生活是深圳旅游业发展的重要组成部分。坚持按国际性、外向型标准进行城市规划和城市设计，加强城市风景线管理，提高特区中心城市及各旅游开发城区的城市品位。保护性地营造主要城市公路及海滨沿线的景观。保护和建设一批具有代表性的文化设施和历史文化遗址，如博物馆、美术馆、展览馆、文化馆、大鹏所城、庚子首义旧址、东江纵队司令部旧址等，并以文天祥、林则徐、赖恩爵、孙中山等历史名人故事宣扬深圳历史文化。

通过教育、交流、参观、考察等多种形式，创造旅游多元文化的宽松环境。努力理解世界各国、各民族、各类旅游者不同的旅游价值取向，尊重各种文化背景的旅游消费习

惯，满足其不同的旅游需求。逐步扩大英语作为辅助语种在传媒中的使用覆盖面，公共设施、旅游标志、旅游商品包装、旅游宣传品、旅游景点均要中英文并用，以利于逐步形成国际性、外向型的旅游文化环境。

充分利用现有的场馆，举办美术、书法、摄影、园林艺术、雕塑、旅游工艺纪念品展等活动，加强国内外文化交流，与文化部门举办一年一度的旅游文化艺术节，推动国内外著名的艺术团体来深演出及进行文化艺术交流，以扩大深圳旅游文化和文化旅游的影响力和知名度。

在多种文化推动和宣传上，龙岗体育旅游的形象更加饱满，龙岗体育旅游产品也获得了无限生命力。

金沙湾

拟建的东山珍珠岛度假区

## 二、打造形象：包装大运体育旅游

我们在描绘人物形象的时候常用到一句俗语："三分长相，七分打扮"。此番打扮即旅游业界人士所说的旅游形象包装。诚然，"酒香不怕巷子深"，但也需要开展大量的促销活动，形成整体旅游形象和品牌认知，最终做到"引进来"和"卖出去"的完美结合。

### （一）旅游形象定位——"精彩大运，活力龙岗"

在龙岗区旅游发展总体规划中，龙岗的主题形象被定位于"天赋山海的文化旅游目的地"，整体形象口号为"诗意山海，悠远龙岗"。尽管这一主题形象延伸了深圳东部滨海旅游形象，阐释了龙岗深厚的文化底蕴，但还是忽视了龙岗大运会所带来的直观印象和间接旅游形象。结合龙岗现状和当前的发展机遇，龙岗将主题形象定位为"精彩大运，活力龙岗"，更适合差异化的形象策略。

诚然，山、海和文化构成了龙岗美妙的旅游因子，谱写了一曲曲龙岗旅游的华丽乐章，但是，随着龙岗大运会的落户，体育将构成龙岗旅游一道亮丽的风景线，从而凸显体育在龙岗旅游中的龙头形象，最终形成以体育为主体，山、海和文化形象为辅的龙岗新形象。

美丽的山海形象元素和文化底蕴都促使龙岗体育旅游的内容和形象上了一个新的台阶。蔚蓝的大海提供了充满激情和幻想的海上运动场所——享受沙滩、享受阳光、享受海水。碧蓝的海水和蔚蓝的天空交相辉映，给龙岗这座小城抹上了蓝色的主色调；青绿的山地给了龙岗小城足够的舒适环境和充满活力的因子，让人渴望回归自然的天性蠢蠢欲动，勾勒出山地高尔夫的美景和山地自行车的体育休闲画卷。这种淡淡的绿色就如同一支绿色的画笔描绘出龙岗世外桃源的体育之都；龙岗人民对"龙"图腾及其文化的展演又给龙岗这座悠闲宁静的小城涂抹了黄色的基调，让人联想到黄色的温馨和典雅；客家围屋和大鹏所城的出现折射出龙岗文化的厚重和威严，黑色的外观记载着历史的车轮滚滚向前，见证了龙岗新体育之都的崛起和豪迈，也为龙岗体育旅游添上了黑色的高贵和端庄；大芬村这条"艺术走廊"叙述着艺术人群热情奔放的动人故事，诉说着那一抹红色的动人衷肠，带给龙岗这座小城火一般的热情和奔放，为龙岗体育旅游别上红通通的鲜明徽章。

不同的色调都阐释了龙岗体育文化的共同诉求，不同的特质都映衬出龙岗体育文化的萌芽壮大。五色环绕，色彩斑斓，争奇斗艳，这就是龙岗青春的真实写照。龙岗的五种色调也暗合"红、黄、蓝、绿、黑"奥运体育的五大洲合作精神，构成了龙岗体育旅游的精神核心——"青春洋溢的龙岗人创造五彩缤纷的城所欢迎世界各地游客的光临，畅想2011龙岗大运，体验龙岗别样激情！"

"红、黄、蓝、绿、黑"五色的多彩视觉形象改变了龙岗"一片蓝"的视觉系谱，丰富了龙岗旅游的整体形象。同时，龙岗旅游以奥运五环的颜色作为整体形象的元素，更能凸显龙岗"体育新城和体育旅游"品牌。

## （二）旅游形象传播——多元化促销

龙岗"五彩青春、体育之都"的形象需要进一步推广，不仅仅依靠"大运会"这个单一渠道，而且也通过大运会前期的多方位宣传，采取多样化的形象传播策略，促使龙岗的主体形象深入人心。

### 1. 主题活动式

推出"美丽的龙岗、青春的盛会"大型主题活动，促使体育游成为龙岗旅游的新亮点，推动广大游客借体育旅游和体育观光而体验龙岗和感受大运，力争利用大运会这个历史契机，推动龙岗旅游大发展。

实施"旅游形象窗口"工程，即选择一些外联和接待人数大的旅游企业及游客到访率较高的旅游景区、景点，确定为树立龙岗旅游整体形象理念的"窗口"，进行重点包装和重点推介，对公众的形象认知起到良好的示范和导向作用。

### 2. 义务宣传式

成立龙岗义工"大运会"宣传自行车队，通过共青团龙岗区委、龙岗区义工联"大运会"宣传自行车队拉开宣传龙岗大运的序幕，配备龙岗"多彩青春、体育之都"的旗帜，加强直接宣传。

联合广大大学生成立"大学生、大运会"服务队，组成强大的学生后援团，通过大学生睿智激情的出色演出促销龙岗"五彩青春，别样大运"的形象主题，体验龙岗青春的活力与朝气。

### 3. 节会式

承办大型体育赛事，既为大运会的开展提前预热，也给塑造龙岗体育形象增添了一笔宝贵的财富，如全国九运会自行车项目、民间十分流行的"舞龙"比赛等等，通过这种节事的上演，逐步提高龙岗体育旅游名片的含金量，加深龙岗"体育龙岗，活力之源"的主题形象。

参加各种大型的主题旅游营销展会，如广东省国际旅游文化节等，通过这种大型的展会载体，向省内外的游客展示龙岗"红、黄、蓝、绿、黑"的五色青春，展示体现龙岗体育形象的精彩大运。

### 4. 媒体宣传式

邀请重要的媒体和企业专业人士制作宣传龙岗体育旅游和龙岗整体旅游的宣传片，配合大型焦点时间吸引公众传媒，产生光环效应，把龙岗打造成令人向往的旅游目的地。

采取与媒体合作的方式进行联合宣传，通过一种互惠互利的方式宣传龙岗体育之都的形象。

求水山度假村　摄影：丘子贤

## 三、全民动员：号召市民广泛参与

体育文化也是龙岗地方文化的一种象征。在龙岗，群众体育活动场地如雨后春笋般大量涌现，特色群众体育活动蓬勃开展，竞技体育捷报频传。

### （一）政府引导人民推动体育旅游的热潮

早在2001年，龙岗区就投资1.5亿元兴建了国际一流的自行车赛场，成为全国唯一拥有木质赛道的赛馆和亚洲唯一能同时举办场地、公路和山地比赛的赛场。这是龙岗区为了承办全国九运会自行车项目比赛而特意准备的场馆，却也拉开了龙岗区打造体育之都的序幕，掀起了全民进行体育锻炼的浪潮，同时也为龙岗区举办大型体育赛事提供了宝贵的经验。

国际自行车赛场建成后，龙岗区政府看到了人民热衷于体育锻炼的激情，于是又投资3500万元，建成了一个占地1000亩的龙岗公众高尔夫球场，使高尔夫运动从"贵族"走向"平民"，也满足了龙岗人民对体育运动的需求。同时，公众高尔夫球场的开业，使之很快成为深圳、港澳及周边地区高尔夫球爱好者的"乐土"。

随着国际自行车赛场和公众高尔夫球场的建成使用，区委区政府又决定投资建设体育公园。目前，体育公园一期工程已完成了设计方案，该项目总投资8000万元，占地7万多平方米，包括室外篮球场、排球场、网球场、室内羽毛球馆、乒乓球馆、游泳池、会所和标准足球场、跑道等体育设施。

与此同时，全区各街道办也竭力为大学生运动会提供优质服务。坪地六联小学成为"深圳市乒乓球传统学校"，为坪地创建体育强街打下了良好基础；作为全国首批8个"篮球城市"之一，龙岗街道办村村有篮球场、篮球队，周周有篮球赛事。街道办投巨资修建了一个篮球馆，先后举办了全国"城市篮球邀请赛"和"中美女篮对抗赛"等重大赛事。

## （二）民间活动推动龙岗体育文化的繁荣

### 1. 横岗的交谊舞

每天在广场举行的千人舞会，1999年开放至今已举办了1280场，参加人数达650万人次；横岗交谊舞协会有数千名会员，参加人员遍及珠江三角洲、港澳地区等，协会的国标舞选手获得了30多项国家比赛大奖。横岗还先后承办了广东省第二届国标舞俱乐部公开赛、龙岗区第三届"深港澳"国标舞邀请赛、1999年澳门回归国标舞邀请赛等赛事。目前，交谊舞热潮已遍及横岗，该街道办也因此获得了"交谊舞之乡"的美誉。

### 2. 坑梓的腰鼓

坑梓的腰鼓是1995年从陕北安塞引进的。坑梓腰鼓队自组建以来，多次在市、区各类大型活动中亮相，并参加过1997年迎接香港回归大型庆祝活动，产生了广泛的影响。中央电视台曾三次报道过坑梓腰鼓。在坑梓，每个居委会都有腰鼓队，人人都会打腰鼓。2004年，坑梓村启动100万元打造腰鼓品牌，并把它纳入了中小学教材。

此外，南澳的渔民迎亲舞、大鹏的青年狮队也都具有很高的知名度。

## （三）中学和大学教育普及体育文化

作为世界大学生的运动会，其参与者和最容易产生共鸣的是哪些人群呢？答案很明显，应该是现在的大中学生，他们和参加比赛的运动员属于同一个年龄层，最容易产生情感上的共鸣。所以，从现在开始，应在区内的中学体育课里增设体育文化与世界大运会等类型的专题讲座。

作为世界青年运动会，作为大学生自己的运动品牌，每一个大学生都在为这样的活动而感到骄傲。龙岗在举办大运会时将见证一批批朝气蓬勃的大学生青年志愿者，无论是来自国内，还是来自海外。这些大学生担负着传播奥林匹克精神的使命，也承担着宣传龙岗这片新崛起的体育沃土，传递龙岗体育新城的体育文化名片，推动龙岗体育文化更新与建设的重任。

大万风情　摄影：张海深

海上嘉年华　摄影：张长生

## 四、收获希望：推动大运旅游新发展

当2011年深圳荣获世界青年大学生运动会举办权的消息传来时，龙岗旅游部门欣喜若狂，惊呼："机会来了！"就如同中国在等待100年后获得2008年北京奥运会的举办权时，国家旅游局和北京旅游局彼刻的心情一样。

长期以来，龙岗都努力做山的文章，做水的文章，做城的文章，但奈何雨点太小，始终溅不起晶莹的浪花。沉思良久，龙岗旅游部门终于明白了：龙岗缺少的是机会！龙岗缺少的是重大事件营销！

大运的来临就如同一抹春风，吹绿了每个龙岗人心中的那份骄傲。深圳龙岗在这年轻人的大集会中寻找到了展示的舞台。此时此刻，龙岗旅游局在大运中等来了营销的机会，收获着未来的希望。

赤赤拳心系大运，熊熊壮志搞旅游！

### （一）当好东道主，做好促销总动员

旅游是否是奥运会举办的最大利益相关者，这一说法无从印证。但是从历届奥运会举办国来看，旅游部门大力宣传奥运旅游，从而带动举办地其他多种旅游方式多点开花的例子并不少见。

奥运会使巴塞罗那成为了欧洲的度假中心，使美国的盐湖城成为会展旅游的热点。而以2000年澳大利亚悉尼奥运会为例，整个奥运会的奥运旅游宣传策略使澳大利亚一举跃升为世界旅游强国，促使悉尼的旅游发展提前了15～20年。

为了充分挖掘2000年悉尼奥运会的旅游资源，澳大利亚专门成立了澳大利亚旅游者委员会，在1997～2000四年间划拨专项资金670万美元用于澳大利亚奥运旅游的宣传工作，并且提出了"澳大利亚2000，娱乐，游戏"的闪亮口号。

1997年，澳大利亚旅游者委员会展开了与TOP赞助商的广泛合作；1998年，澳大利亚旅游者委员会开始了欧洲的奥运宣传之旅；1999年，澳大利亚旅游者委员会开展了与奥组委赞助商的印刷、直接邮寄广告活动，并选择答记者问的形式来加大媒体宣传的力度；2000年，澳大利亚旅游者委员会加强了与世界各国媒体的合作，也加强了与阿迪达斯、柯达等赞助商的合作，并重点向世界各国展示澳大利亚奥运火炬接力活动，吸引了世界大众的目光。

2004年，奥运会荣归故里——希腊雅典。古老的希腊文明大放异彩，希腊旅游更是走出了多年的低谷，并且带动了邻国土耳其的旅游发展。于是，希腊当局宣称"奥运会是一个重要的旅游节日"。

在等待了100周年后，奥运会在2008年选择了北京。国家旅游局、北京旅游局以及各地旅游局都看到并期待着分享这块巨大的蛋糕。

2005年，北京就启动了奥运旅游宣传年活动。北京市旅游局、北京市发改委、北京市商务局、北京奥组委运动会服务部联合在北京新世纪大饭店举办北京奥运旅游推介会，推出其新线路、新产品以及新的旅游招商项目。而在同年的北京国际旅游博览会上，北京奥运旅游成为光耀全场的一颗闪亮之星。

2007年，国家旅游局、北京市旅游局纷纷采取和赞助商合作的形式进行北京奥运旅游宣传。北京和香港也开始进行合作，在举行的第11届京港经济洽谈会上共推京港奥运精品旅游线路。

2008年，国家旅游局宣传的主题是"2008中国奥运旅游年"，宣传口号是"北京奥运、相约中国"。"体验北京、感受奥运"则是北京市旅游局的主题口号。口号宣传吸引着全世界人民的目光。而北京在2008年1月1日更是迎来了由德国伊卡鲁斯旅行社副总裁莱尔夫·琥珀先生亲自率队的第一批境外奥运旅游旅客。

从希腊官员那句解读奥运会和旅游的话语中，我们可以看到奥运会是每一个举办国发展旅游的良好契机，只要运用得当就能收到奇兵之效。

同样地，大运会作为年轻人的盛会也吸引着对体育充满热情的人们。无论何种肤色、何种语言，体育无国界，体育创造着激情与辉煌。

深圳和龙岗旅游局也要发挥重要的宣传职能，借鉴奥运会宣传奥运旅游的宝贵经验，当好东道主，做好宣传总动员，促使龙岗旅游借助大运腾飞。

## （二）安排宣传时间表，收获大运希望

亚运会和奥运会的周期都是四年一次，2008年贵为中国奥运旅游年，2010年为广州亚运会年，它们的光芒或许更加耀眼，但是龙岗只要运用得当，也能使龙岗大运旅游光彩熠熠。

深圳市旅游局以及龙岗区旅游局意识到良好的宣传需要时间的累积，故从2007年开始进入到龙岗大运旅游宣传年，初步制定了宣传促销时间表，通过多种形式、多种角度的宣传，达到体育与旅游双赢的效果。

2007年上半年，龙岗区举办了"粤港澳百家旅游运营商龙岗采风"旅游推介会，正式提出了"大运旅游"概念，宣称将打响"大运旅游"品牌，将龙岗旅游定位为国际的知名旅游胜地，并与港澳串联，形成各具特色的旅游金三角。

2007年下半年，龙岗区推出"美丽的龙岗 青春的盛会"大型主题活动，响应国家旅游局"中国和谐城乡游"口号，以"中国最美的海岸""广东最美乡村""深圳历史文化最悠久的地方"等作为宣传主题，注入体育旅游的内容。

2008年上半年，龙岗区继续举办"深圳滨海休闲旅游文化节"等大型节庆活动，配合奥运年"绿色奥运"口号，着重开发龙岗滨海生态度假产品，并加强与北京市旅游局的合

作，推出"北京—深圳龙岗滨海生态休闲之旅"。

2008年下半年，抓住奥运会举办的契机，推出相应的"龙岗大运开发游""龙岗大运喜悦游"等旅游产品，参加广东国际旅游文化节、中国国际体育旅游博览会等专业节展进行促销。

2009年上半年，启动TOP赞助商宣传战略。选择几家比较知名的企业合作，达到有效宣传的目的，比如中国移动通信集团等，同时，选取一两家国外体育运动品牌赞助商进行全球化促销。

2009年下半年，推出大型的大运旅游促销口号、宣传画、旅游纪念品、会歌等设计比赛，以此吸引足够的目光。

2010年上半年，向全球参加大运会的国家和地区的运动员和官员邮寄龙岗大运会旅游的光碟、宣传册、纪念品等物品，并启动与广州亚运会合作的深-穗体育旅游推广活动。

2010年下半年，通过大运会前的最后一次大型运动会——广州亚运会进行促销，向那些参加亚运会的运动员与官员展示龙岗旅游的精彩内容，同时启动全球旅游合作推广计划。

2011年上半年，与国家CCTV奥运频道、美国的NBC等大型世界广播运营商合作，同时，加强与银行、企业的合作宣传，多角度、全方位全面营销。

通过一个大运周期的集中营销，龙岗旅游一定能收获未来的希望。

半天云——世纪海景高尔夫　摄影：刘艺、刘自得

和谐龙岗　摄影：黄剑威

申大成功

# 百姓话大运
## 对大运的另一种解读

　　深圳成功获得2011年第26届世界大学生运动会主办权，这是继北京（2008年奥运会）、上海（2010年世博会）、广州（2010年亚运会）之后，中国又一座大城市获得世界重大赛事（展会）的主办权。深圳人从此一洗无缘重大赛事、徒羡京沪穗等城市重大盛会不断的遗憾。

　　中国正在走向世界，世界正在融合中国。在这一融合过程中，中国的各大城市需要一个"大事件"作为一个舞台展现自己的能力、能量，放飞自己的激情和梦想，需要一个宣言式的集会来展示、宣传甚至是推广自己的城市理念。世界大赛是催化剂，是宣言书。

　　深圳成功了，找到了这样一个宣传自己的平台。深圳市政府和人民都为之骄傲与自豪。实际上，老百姓又是怎样看待2011年大运会的呢？

## 一、看未来：为"大芬"骄傲，为"大运"自豪

深圳在申办大运会时，很多龙岗人都在摩拳擦掌，为深圳的申办口号而贡献着自己的智慧和心愿。

诚然，许多热心参与申办口号的龙岗人都不能得到那些"沉甸甸的奖金和宣传口号的名誉"，精心的付出并没有得到应有的预期回报，但是大家并没有因此而产生任何失落感，相反，不约而同地欣赏着"深圳，与世界没有距离"这句口号，憧憬着走进龙岗去看看发展建设成就，尤其是正在兴建的未来地标性建筑"大运中心"。

因为是大运会的核心场地，老百姓激动地说："看的虽然是工地，但我们可以想象未来大运中心崛起时的壮观景象。"

如果说正在如火如荼兴建的大运中心是值得深圳人期待的一个"梦想"，那么，飘散着油彩芳香的大芬村则是激动人心的一个"现实"。大芬村，艺术与市场在这里对接，才华与财富在这里转换，仿佛是一个充满艺术气息的欧洲小镇，让许多第一次来访的市民朋友们大开眼界，流连忘返。

就这样两个毫不相干的地方却因大运会而紧密地相连，产生了千丝万缕的联系，让龙岗人无限地遐想，也在心底默默地祝福和骄傲。一边是"艺术与市场对接"的大芬村，一边是"深圳，与世界没有距离"的大运村。无数龙岗市民站在两个村子的中间，面对色彩斑斓的油画村和如火如荼兴建的大运场地，无不感慨万分。

大芬油画艺术广场

## 二、看大运：大运中心给未来增添了一份期待

尽管这里还只是一大片开阔的土地，远处散落着几台大型机器在进行施工平整，但市民都对大运中心充满着期待，徜徉在空地上进行着未来的畅想，都在期盼在这样一个年轻的城市举办一次最成功的年轻人的聚会。

市民们期待着大运中心，因为这里的设计很完美，就连观摩大运中心具有现代感和民族特点的效果展板都能让人赏心悦目，都表示相信未来这里将更加壮观。除了其美妙的外观设计外，还期待的是大运中心将提升深圳的国际知名度，而对于普通深圳人来说，能在家门口观看大运会也是一件幸事。

龙岗的老人们喜欢乒乓球和太极拳等体育项目，他们憧憬着能在2011年到龙岗欣赏世界级精彩赛事；龙岗的年轻人则喜欢更具动感的足球、篮球等项目，他们对深圳举办大运会深感自豪，认为深圳是个非常年轻的城市，在年轻的城市举办年轻人的体育盛会是众望所归的事情，而且，让更多的年轻人了解深圳更能扩大深圳的国际影响力。热爱体育锻炼的他们都期待着日后和朋友们结伴来看大运会的热闹场面，希望到时候大运会的门票不会太紧张，能让他们多欣赏几场精彩的比赛。

同时，深圳还有一群为社会无偿服务的特殊群体——深圳义工。他们乐于助人，经常参加各种公益活动，表示深圳举办大运会值得每个深圳人自豪，他们的义工群体和伙伴们肯定会服务于大运会，为深圳办好大运会尽一份绵薄之力。

这三个片段显示出深圳人都在期待着、憧憬着，都在为大运会而自豪，都希望为大运会贡献出他们的赤诚之心。

拟建的2011年深圳大运会场馆

海湾美景　摄影：黄海奎

# 附录1：龙岗区旅游局局长史大鹏谈龙岗旅游的高端定位和跨越式发展

【嘉宾】　　　龙岗区旅游局局长史大鹏

【时间】　　　2008年1月16日 上午9：00～10：00

【地点】　　　龙岗区委视频会议室

　　　　　　　访谈中，龙岗区旅游局局长史大鹏表示，龙岗一个是做山的文章；第二是做海的文章；第三是做城的文章。所以我们提出要以文化之厚吸引人、以古朴之雅吸引人、以山海之奇吸引人。

【主持人】　　各位网友，大家好！欢迎来到龙岗新闻网"对话龙岗"栏目，我们本期邀请到的嘉宾是龙岗区旅游局局长史大鹏同志。史局长，欢迎您的到来。先跟我们的网友打个招呼吧！

【史大鹏】　　新闻网的朋友们，大家好！

【主持人】　　我们都知道，区委刚刚开过区委扩大会议，在会上提出要进一步解放思想，推动新一轮大发展。能不能给我们介绍一下旅游在龙岗思想大发展中扮演什么角色？

【史大鹏】　　区委扩大会议提出要通过新一轮的解放思想，推动新一轮的发展。所以，解放思想是先导，解放思想的程度决定了发展的程度。所以书记和区长的报告提出，都要高端化发展、创新发展、协调发展、人文发展，而旅游业则是发展过程中一个很重要的产业。大家都知道，旅游是一个带动性很强、依托性很强、关联度很高的产业，从方法论的角度来讲，抓旅游就是抓文化、抓经济、抓城市建设、抓精神文明；从现代服务业来看，旅游是现代服务业产业链条里面最长的一个，通过区委扩大会议精神，旅游的工作主要是两点：一

坝 光 摄影：周洋

个是高端定位；再一个是跨越式发展。所以结合区委扩大会议的精神，我们在下一步的工作中，如何定位？如何把好这个角色？主要有这么几点：

第一，解放思想，推动发展观念的转变。这里面主要的一个问题，就是要由现在的旅游客源地向旅游目的地转变。再一个是从吸引客源到引导消费转变，这样才能增加旅游的消费，增加旅游的收入。

第二，要以项目为抓手，推动产业规模的扩大。我们主要一个是抓景区，另外一个是抓酒店。还是"投资为上，项目为本"。

第三，要以线路为载体，因为旅游的产品主要是通过线路来体现的。所以我们现在主要是构建绿色、蓝色、红色、古色这么一个产品体系，来吸引游客。

第四，要以活动为平台，通过节庆活动来提高龙岗旅游的关注度和知名度。

【主持人】 我们听了您的介绍，对龙岗的旅游也有了个大概的了解。我们都知道龙岗是深圳旅游资源的大区，发展的潜力非常大、前景广阔，在资源上有哪些优势和特点？我们如何利用资源和特点进行开发？

【史大鹏】 龙岗确实是一个旅游资源大区，山海龙岗，有着丰富的旅游资源。而且我们龙岗的旅游资源是类型多、品位高、保护好，通俗地讲就是有山、有海、有故事；有村、有城、有风情。所以特色比较浓，山海本身也是自然对我们龙岗的一个馈赠，所以如何保护好、发挥好这一块资源，主要的还是要开发旅游。开发旅游主要的还是要做三个方面：

一个是做山的文章；第二是做海的文章；第三是做城的文章。所以我们提出要以文化之厚吸引人、以古朴之雅吸引人、以山海之奇吸引人。

【主持人】 这几个概念非常好。我们都知道龙岗是我们2011年大运会举办地,这对龙岗是一个很大的机遇。那么,关于旅游我们要怎么样去把握这个机遇?

【史大鹏】 龙岗是大运会的主办地,我们想借助这个举办地把龙岗搞成知名旅游目的地。大家都知道大运会申办成功以后,龙岗就进入一个大运周期,现代大型体育盛事对一个地方提高关注度、影响力都是很重要的,所以应该说旅游是最受益的产业之一。

大家都知道,奥运会使巴塞罗那成为欧洲的度假中心;使美国的盐湖城成为会展旅游的热点;使悉尼的旅游品牌建设提前了15~20年的时间,可见大型体育赛事对旅游目的地的提升是非常重要的。

我们举办大运会,对旅游来讲主要是有利于增加旅游收入。因为我们现在主要是短线游,通过大运会可以增加长线游。另外一个可以提升旅游的品牌形象,因为关注度提高、影响力提高,品牌就可以提高了。再一个就是有利于改变客源的结构,国外游客、省外游客会增加不少。还有就是有利于提高旅游的基础设施建设。

办大运会就可以提升交通设施,交通对旅游来讲是非常重要的,我们现在是旅要快、游要慢。另外一个是可以提升旅游的管理水平,举办大运会在服务的过程中要注意一些细节的问题,这个也有利于提高旅游的服务质量。

为把大运机遇切实转化为大运效应,我们在2007年启动了《龙岗大运旅游行动规划》编制工作,委托专业机构参与龙岗大运旅游营销策划工作。研究如何充分把握利用大运会机遇,突出发挥龙岗的区位优势、旅游资源优势和产业优势,全面提升龙岗旅游形象和产业水平。未来4年,我们首先要做的

西涌观潮

是转化资源，丰富龙岗旅游产品。

一是发展大运旅游，建设大运旅游目的地。整合大运主场馆等体育设施，利用大运品牌效应，引导大运旅游经济发展。以2011年大运会主体工程和标志景观为重点，整合大运会景观资源和文化资源，开发大运场馆建设游、大运纪念品开发、时尚康体活动等旅游项目。

二是提升度假旅游，打造休闲度假天堂。配合市政府加快推进下沙旅游片区等重大项目的建设，使大鹏半岛旅游区成为大运会主要的接待基地，成为大运会运动员、裁判员及国际体育官员、国际游客及媒体记者的休闲度假天堂。

三是繁荣文化旅游，开辟人文旅游天地。根据大运会入境观光游客希望了解中国本土文化、民俗风情的心理特征和消费需求，加快大鹏所城的旅游开发和四个客家围屋（鹤湖新居、大万世居、龙田世居、茂盛世居）的策划包装，充分挖掘其人文历史内涵，凸显本土风情和特色，成为大运会期间吸引国际游客的新亮点。

四是扩大生态旅游，建设绿色旅游走廊。推进组合乡村游，继续以葵涌坝光村、南澳半天云村、布吉大芬村、大鹏鹏城村入选"广东最美乡村"为契机，引导街道及当地社区，加大对"广东最美乡村"的旅游开发力度，深入挖掘其文化内涵，完善旅游服务设施，推广成为大运会期间短线游的拳头产品。其次是加强促销，拓展海内外旅游市场。大运会所带来的巨大媒体效应将有效提升龙岗知名度，是树立、提升龙岗旅游目的地形象的最佳载体。我们将加大对龙岗大运旅游的宣传促销力度，例如组织大型的大运旅游促销口号、宣传画、旅游纪念品等设计比赛，广造声势；加强宣传力度，在报刊、影视、杂志等传媒上全方位、多角度推广龙岗旅游资源和产品，着力塑造旅游目的地形象；继续举办"深圳滨海休闲旅游节"等大型旅游节庆盛事活动，努力打造品牌，提升龙岗的影响力；针对客源市场和目标城市，通过举办、参加旅游交易会、博览会、推介会等形式，实现资源共享、客源互通，努力配合有关部门做好大运旅游主题的宣传推广。

【主持人】　我们知道高星级酒店是现代旅游服务业发展的重点，龙岗目前高星级酒店数量不多，区里面也下很大的力度推进这方面的工作，这些工作进展怎么样？

【史大鹏】　龙岗区现有星级酒店，加上待评、在建和待建星级酒店共有20家（三星及以上），主要分布在布吉片区、龙城（龙岗）片区、横岗片区，其中布吉片区有9家，龙城片区有6家，横岗片区有3家。从龙岗现在的情况来看，我们星级酒店只有九家，从数量上来讲也是比较少，从星级的品质来讲也不是很高，从布局上来讲，现在看也不太合理。所以区里面非常注重加快星级酒店这一块的发展。现在高星级酒店本身是旅游的产业要素，更重要的还是一个投资环境。所以一个地方高星级酒店的多少，在某种程度上代表了一个地区发展的水平。所以区里面这几年非常重视星级酒店的发展，我们也先后采取系列措施：一个是区里面制定了扶持高星级酒店的优惠政策，上年我们在广泛深入调研的基础上，参考外地鼓励发展酒店业的一些做法，出台了《龙岗区人民政府关于加快酒店业发展的若干规定》，对符合条件的高星级酒店给予重奖，其中五星级酒店可获得2000万元奖励，白金五星级酒店可获5000万元奖励。该规定的出台成为加快我区高星级酒店建设的"助推器"，大大增强了投资商的信心，在酒店业反响很好，从现在来看形成了一个好的政策导向；第二，旅游局和规划、国土部门共同制订了旅游星级酒店的发展规划和布局，从数量上、布局上进行了全面的规划，根据规划，未来龙岗星级酒店总体布局分成3大类型，西部主要发展城市综合服务型星级酒店，中部和北部主要发展产业配套型星级酒店，东部大鹏半岛主要发展休闲旅游度假型星级酒店；第三，我们召开了专题推介会，就是吸引投资商到龙岗投资酒店，对我区近期推出的8块酒店用地做了推介，通过推介，投资商表现出浓厚兴趣，成功出让大运中心高星级酒店建设用地1块。现在在建的酒店有5家，现在正在评星的酒店也有6家。通过进一步的建设，龙岗的星级酒店发展将有一个大的改变。

【主持人】 我们都知道，旅游是一个富有关注力的活动，只有不断地宣传促销才能提升品牌的知名度，那么龙岗旅游在营销上有没有创新？有没有考虑利用新的媒体来进行促销？

【史大鹏】 旅游是一个关注力很强的产品，旅游和其他产品不一样，旅游的产品是不可以移动的，只能是通过宣传来提高它的知名度、吸引力，来吸引游人旅游的冲动性。所以旅游在宣传上一定要坚持宣传、推介，实际宣传就是培育市场、开拓市场。我们这几年在旅游宣传上主要采取一种新的模式，就是"卖点"加"亮点"。"卖点"就是利用"中国最美丽的八大海岸"作为一个卖点，主要是通过"用美丽吸引目光，用美丽搭建平台"。一是"用美丽吸引目光"，针对我区旅游资源特点，丰富完善旅游宣传资料，先后制作了龙岗旅游指南、导游词、宣传折页、风光片等；加大媒体宣传力度，结合我区客源地域特征，在珠三角及港澳主流传媒开辟专刊和专栏，推介我区旅游资源。二是"用美丽搭建平台"。"深圳市龙岗区海上嘉年华"及"金沙湾海滨欢乐节"已分别进入第四届和第三届，成为东部重要的旅游盛事活动，节庆品牌效应逐渐形成；实行"走出去，请进来"策略，先后在本地及周边主要客源地举行了多场旅游推介会，成功举办了"国际滨海旅游发展高峰论坛"、"粤港澳百家旅游运营商龙岗采风活动"等专题活动。我们还策划了"老总游龙岗"、"名家画龙岗"、"美曲唱龙岗"、"导游讲龙岗"、"专家论龙岗"等一系列的活动，主要是通过这些活动来提升龙岗的知名度，或者说它的关注力。

【主持人】 听了您的介绍，我们对龙岗的旅游发展，包括它的前景都有了美好的展望。有人说旅游没有文化就没有灵魂，文化没有旅游就没有活力。旅游和文化如何才能互相促进协调，共同发展？

【史大鹏】在旅游的发展上，文化应该是旅游的一个灵魂，旅游又是文化最好的传播方式。旅游实际也是一个文化活动，本身也是文化消费，或者说是购买文化，或者说是文化享受。所以，旅游要有特色就要有文化，旅游要有个性就要有差异化，实际个性和差异就是文化的含量。我们在发展旅游的过程中主要还是要注入文化，有句话，就是要无形文化、有形操作、可见财富。主要说的是旅游在发展的过程中要提高文化的含量，我们在工作中，一个是要挖掘文化的内涵，通过提升，通过表达的方式把景点或者项目中的文化表达出来；另外一个是要创造文化的差异，差异出来了特色才出来，个性才出来。在工作中提升文化的品位，品位出来了，吸引力才出来。再一个利用文化的遗址，包括现在的围屋、古城，通过开发提升文化游。

【主持人】我们都知道，2008年国家对公共假期进行了一个调整，调整后取消了"五一"的黄金周，形成了几个小的黄金周。我们就选择了一个网友的问题，网友提问：小黄金周的形成，对于龙岗旅游发展有没有影响？我们是如何应对的？

【史大鹏】新的假期调整以后，取消了"五一"长假，但同时也增加了几个传统节日的假期，就形成了4个小的黄金周。

调整假期以后，对龙岗旅游业来讲好处是比较多的。

第一，出游的半径缩小了，线路是由长变短了，那出行的人肯定是多了。

第二，出行的方式多元了，原来可能是团队出游，现在可能是自助、自驾的人多了。

第三，出行的目的性增强了。过去可能主要是观光，现在假期短了主要可能是就地休闲，度假游人数就增多了。

第四，与带薪假期结合起来，游人的选择性就更强了。

所以假期调整以后，对旅游来讲是一个挑战，但是也是一个优势。在工作上，我们还是要把握长假调整以后的机遇：一个是要大力发展短线游，就是本地游、城市周边游。我们采取加大宣传的办法，一个就是到龙岗来搞度假休闲游，住海边、观海景、吃海鲜的度假游；第二个是充分利用传统假日，我们打民俗牌，观看民俗表演，包括龙舟赛等等，挖掘文化的内涵，打造民俗游；第三是重新组合线路，面向周边地区进行营销，区域联合、客源共享，这样就把长线游变成短线游，这样的客源市场就更大了。

【主持人】 听了您的介绍，我们对龙岗的旅游发展有了基本的了解，也非常感谢史局长来我们这个节目参加"对话龙岗"栏目，谢谢！

龙之歌　摄影：张长生

# 附录2：山海龙岗旅游文化季15项活动尽显山海龙岗迷人魅力

2007年01月15日《深圳特区报》记者 谷少传

## 龙岗2006年接待游客总人数和旅游总收入创出历史新高，15项活动尽显山海龙岗迷人魅力

2006山海龙岗旅游文化季持续半年之久，活动内容达15项之多，活动规格之高、规模之大、影响之深在龙岗旅游发展史上前所未有，市、区领导高度关注，主流媒体强势介入，各街道、职能局积极配合，从而使得这场旅游和文化完美结合的大型推介活动取得了成功。

## 全区2006年旅游总收入同比增长23.9%

2006山海龙岗旅游文化季的大幕刚刚落下，记者就从龙岗旅游部门获得了好消息：在山海龙岗旅游文化季的强力带动下，龙岗2006年1月至12月全区接待游客649.45万人次，同比增长25.4%，旅游总收入36.19亿元，同比增长23.9%，双双创了历史新高。

再看看山海龙岗旅游文化季活动期间龙岗旅游统计指标的情况，从2006年8月份开始，活动就开始大规模宣传造势，整个活动期间，全区共接待游客226.57万人次，同比增长33.3%，比全年增幅高8个点，旅游收入13.51亿元，同比增长35.12%，比全年增幅高11个百分点，同比增加了4.2亿元。

深圳中旅等几家旅行社组织的万家游龙岗活动，每周吸引上万人来龙岗观光，这次活动前后吸引了上百万人次参与并关注龙岗旅游。

以上数据都说明，举办山海龙岗旅游文化季给龙岗带来了看得见的效益，各项旅游指标的增长幅度都是前所未有的，15项活动内容由于都有媒体大力报道配合，在很短时间内形成"眼球经济"，吸引了大量市内外游客前来龙岗观光旅游，带旺了龙岗2006年全年的旅游业。


## 整合资源，树立龙岗旅游大区形象

长期以来，龙岗作为深圳的腹地并不为外界所了解，旅游资源尽管丰富，但没有整合，尽管有资源，但市场并没有打开，旅游品牌也没有得到提升，龙岗这一优势资源并没有得到开发。

这次山海龙岗旅游文化季活动从一开始就把塑造龙岗旅游文化品牌形象作为重要目标，响亮地提出了"山海龙岗 魅力相约"的口号，尤其是深圳特区报2006年8月23日出版了2006山海龙岗旅游文化季特辑，在全市甚至全国都引起了关注，精心的版面设计以及精美的文字组织，使得这份特辑不但是龙岗旅游的资料大全，而且也是第一次非常系统地对龙岗的旅游资源进行了分类，是对龙岗旅游整体形象的一次最好宣传。

在旅游文化季的15项活动中，每一项都是紧扣龙岗旅游资源、提升旅游品牌展开，尤其是龙岗八景的评选，吸引40万人参与投票，这本身就是很成功的旅游推介活动，八景评选活动意义重大，不仅能够提升龙岗旅游的整体形象和龙岗的城市知名度，更能凸显山海龙岗旅游产品的核心价值，提升了旅游产品的美誉度。

龙岗旅游也一直瞄准高端服务业，比如通过国际滨海旅游发展高峰论坛，与会的专家和政府人士都一致认为大鹏半岛的开发应走高端开发路线，在条件不成熟的情况下，绝不开发，一旦开发就是高起点、高定位，成为深圳发展高端旅游业的典范。

## 提升龙岗城市化过程的整体形象

山海龙岗旅游文化季不但是一项旅游文化活动，而且也是在龙岗城市化进程中针对龙岗实际情况开展的一项大型城市形象宣传过程，对龙岗构建和谐社会、推进城市化进程大有裨益。

龙岗区委、区政府提出把旅游产业当做最有潜力的绿色产业来抓，要使生态环境、绿色产业成为龙岗一张亮丽的名片，这也是龙岗区别于深圳市其他五个区的最大不同和优势所在。在城市化进程中，龙岗急需塑造自己的城市形象，山海龙岗旅游文化季从一开始就把旅游发展作为龙岗城市化的一项重要内容，有专家甚至认为龙岗应该走旅游城市化的道路，把旅游作为龙岗城市化的原动力。

当前，正值政府上下贯彻落实科学发展观，构建和谐社会，全面推进循环经济之际，作为深圳辖区面积最大的一个区，循环经济对龙岗而言就是促进人与自然的和谐发展，是以人为本、可持续的发展，是绿色的发展，而龙岗发展好旅游业就是对发展循环经济的很好注解。和谐社会提倡人们身心愉悦舒畅，而旅游是能够让人身心愉悦舒畅的一种生活方式，龙岗发展旅游业，也有利于推进和谐龙岗的建设。

山海龙岗旅游文化季正是站在这样的高度，在各项活动过程中，把旅游和文化很好地结合起来，使得龙岗在城市化过程中找到一种动力，为循环经济与和谐社会建设找到一个好的结合点。

## 为旅游产业大开发奠定了基础

山海龙岗旅游文化季是一次很好的尝试，各项活动异彩纷呈，各种形式从不同角度展示龙岗迷人的魅力。同时，很多活动为龙岗旅游下一步开发奠定了基础。

比如坪山大万世居的初步开发，大型客家实景音画晚会《大万世居》的成功演出也标志着龙岗开发客家文化资源拉开了序幕，大万世居的保护性开发模式受到专家的广泛关注，这对整个龙岗有代表性的客家围屋开发具有示范作用。龙岗八景的评选也是本着有利于龙岗旅游的全局发展角度，有利于龙岗旅游的整体推广，有利于龙岗旅游的可持续发展，为今后景点的开发奠定了基础。大量游客的到来对龙岗的旅游配套设施提出了更高要求，有一些景点由于文化季的宣传带来大量游客，凸显出一些问题，景点保护以及配套设施很难跟进，提前暴露出龙岗旅游发展中的一些问题，对今后的开发提出了新要求。

这次旅游文化季活动同时也是一次思想的盛宴，在国际滨海旅游发展高峰论坛上，时任龙岗区区长、现任龙岗区委书记余伟良指出，龙岗要建设代表深圳21世纪发展水平的现代化新城区，要建设和谐、效益、平安、生态龙岗就要营造一个良好的环境，旅游产业是龙岗确定发展的支柱产业之一。来自国内旅游界的11名知名专家在论坛上做了精彩发言，他们结合国际旅游市场和国内旅游市场的发展趋势，对龙岗滨海旅游、全区旅游发展以及城市化进程进行了精辟的演讲，并提出了宝贵的建议。

## 政府主导、媒体配合、企业参与、市场运作，项目精彩、组织得力，山海龙岗渐成市民游客度假天堂

2006山海龙岗旅游文化季虽然结束了，但龙岗却开启了一扇永不落幕的旅游文化季的大门，尝到甜头的龙岗区旅游部门对记者表示，2007年龙岗旅游再次向本报发出邀请，希望再度延续2006山海龙岗旅游文化季的良好合作，策划出好的活动带动龙岗旅游的发展。

回首整个旅游文化季，取得成功离不开以下因素。

## 政府主导：多个单位通力合作

作为龙岗有史以来规格最高、规模最大的一次旅游文化推广活动，山海龙岗旅游文化季得到市、区领导的关注和指导，从而使得这项活动上升为全区的一项重要的政府活动内容，这是山海龙岗旅游文化季能够顺利进行的前提。

市、区领导多次出席山海龙岗旅游文化季的各项活动，并对龙岗旅游发展提出了明确要求和方向。在"万家游龙岗"启动仪式上，市委常委、宣传部长王京生到场祝贺，龙岗区委书记李铭，时任龙岗区区长、现任龙岗区委书记余伟良以及市旅游局局长李小甘，深圳报业集团总编辑、深圳特区报总编辑王田良等出席。时任龙岗区区长、现任龙岗区委书记余伟良在致辞中说，这是旅游文化的盛会，是龙岗人民的节日，也是深圳市民和游客朋友的节日。他明确提出大力促进循环经济，大力发展旅游文化产业，致力于把龙岗打造成旅游产品丰富、文化韵味浓厚、经济实力雄厚的旅游胜地和度假天堂，让广大市民的生活更加丰富多彩。

在国际滨海旅游发展高峰论坛、龙岗导游演讲大赛、龙岗万人登山等旅游文化季中的很多重要活动中，龙岗区主要领导都亲临现场给予支持。据统计，时任龙岗区区长、现任龙岗区委书记余伟良参加过的活动就有七项之多，龙岗区主管旅游的副区长熊小平不但多

次参加现场活动，还提出了很多指导性的建议。这都充分显示了龙岗区领导对整个旅游文化季的大力支持，对发展龙岗旅游业的坚定决心，这为整个旅游文化季的成功进行创造了良好的前提和保障。

这次山海龙岗旅游文化季是由龙岗区政府、深圳特区报社、深圳市旅游局、文化局共同主办，这种高规格从一开始就决定了这次活动的高起点，正是由于几个单位的通力协作，才使得各项活动能够顺利进行。

## 媒体配合：充分发挥最大效应

旅游离不开宣传，有好的宣传，旅游就能有立竿见影的效果。山海龙岗旅游文化季本身就是一个大型旅游宣传推广活动，而选择什么样的媒体重点合作则决定了活动的影响和效果，可以说，这次活动是优势资源和强势主流媒体完美结合的一个典范。深圳特区报作为深圳最有影响力的权威性媒体，在品牌塑造和活动策划上有独特的优势。

从一开始，深圳特区报龙岗新闻部的工作人员就参与策划了山海龙岗旅游文化季的活动内容，并在报道上给予了大力支持配合，营造了良好的氛围，从而达到了良好的宣传推介效果。

2006年8月23日，深圳特区报"2006山海龙岗旅游文化季"特辑是对龙岗旅游报道的极大创新，宏大的气势和全面的信息一下成为当天报纸最吸引眼球的亮点，这个特辑不但成为不少深圳市民了解龙岗的重要收藏资料，而且随着特区报的全国发行，龙岗旅游的名声甚至在全国引起关注。

宣传是一种艺术，在什么时候以什么形式进行达到最大的效果很有讲究，作为这次活动的合作媒体，深圳特区报对整个旅游文化季全程跟踪报道，而且都进行了精心策划，使得各项活动达到最大的效果，为龙岗今后旅游宣传积累了丰富的经验。

## 市场运作：尽量减轻游客负担

早在山海龙岗旅游文化季的全区动员会上，时任龙岗区区长、现任龙岗区委书记余伟良就指出，这次活动要按照"政府主导、企业参与、市场运作"的原则进行，不以赢利为目的，尽量减轻游客负担。

事实上，整个文化季的重头戏都遵循了这一原则，从而探索出一条龙岗举行重大旅游活动的新模式，万家游龙岗的开幕式请专门的旅游策划公司进行策划和现场布置，而国际滨海旅游发展论坛则几乎全部承包给旅游策划公司来做，专业的设计以及会场布置、嘉宾邀请确保了整个活动的高水准，也使得政府工作人员能从烦琐的事务中解脱出来，保证正常的工作有条不紊地进行。

2006龙岗嘉年华活动中也体现了"政府主导、企业参与、市场运作"这一原则，区贸工局承办、上百家商家参与、策划公司进行舞台设计以及演出事项。龙岗八景的评选在点票过程中也请专业的调查公司来统计，具有客观性和科学性。

随着社会分工的越来越细，政府职能的转变以及市场化程度越来越高，旅游文化推介活动也越来越遵循"政府主导、企业参与、市场运作"的规则进行，这次旅游文化季多项活动遵循这一规则，确保了忙而不乱，确保了活动的专业性和合理性。

## 组织得力：利用一切有利条件

山海龙岗旅游文化季大型活动离不开组织机构的精心组织安排，作为这次活动的常设机构，山海龙岗旅游文化季活动组委会的精心组织协调，确保了各项活动都能如期按计划举行。

15项活动分别由不同部门举办，需要组委会来统筹安排，活动进程需要有序控制，从这个文化季的安排来看，所有的活动都按期举行，不少活动比预期的还要精彩，这离不开组委会的努力。

作为山海龙岗旅游文化季活动组委会的主力，龙岗区旅游局在活动开始之初就确定了举全局之力做好旅游文化季的各项工作，局长史大鹏多次主持召开会议，商议活动过程中可能遇到的问题，并协助有关主办单位解决问题，提出不能让任何一项活动有损这个旅游文化季的形象。坪山大型客家实景歌舞"大万世居"多次征求旅游局的意见，多次修改完善方案，确保了演出成功上演，连观看演出的市委副书记李意珍也连称"想不到"。布吉三联玉石文化村揭牌仪式也多次征求组委会的意见，区旅游局提出了不少宝贵意见。

组委会下发的《山海龙岗旅游文化季总体活动方案》明确了各部门的职责和分工，在这个基础上，龙岗区委宣传部、旅游局、文体局、贸工局以及坪山街道等活动的具体主办单位高度重视，精心组织，通力配合，圆满完成了各自的工作任务。

## 记者观察：做好旅游这篇大文章

山海龙岗旅游文化季带给龙岗的收获是全面的，但同时，活动也凸显了龙岗旅游的一些问题，给人带来了启发。

首先，有资源不等于有产品，更不等于有产业。龙岗旅游面临着两个问题，一是怎样形成高端旅游群，二是怎么保护龙岗特有的文化。龙岗有资源，有一些产品，也有规划和文化，但目前还没形成产业，缺少旅游策划，还没真正完成资源－产品－商品的转化。

在整个深圳市的旅游格局中，龙岗担当了深圳滨海旅游以及本土特色文化游的重要责任，如今的旅游市场迎来了休闲时代，这给发展滨海旅游提供了广阔的舞台，通过这次旅游文化季活动，龙岗更进一步认清了龙岗发展旅游业的优势和不足，一个大的旅游产业的形成首先要找准定位，然后开发符合自身需要的产品。

其次，旅游文化推介活动所推介的不仅仅是旅游资源，也是倡导一种有品质的生活方式，《深圳2030城市发展战略》提出东部滨海地区是针对深圳本地和区域的高端旅游休闲市场，以全面提升城市生活品质和意象为主要目的。

龙岗在城市化过程中迫切需要转变人们的思想观念，急切需要寻找一种兼顾环境保护和城市发展的城市化模式，旅游可以作为龙岗发展的一种推动力。

再者，旅游文化活动应该多搞，每年确定一个主题，必须和强势媒体结合。2006年山海龙岗旅游文化季只是一个开端，要做好龙岗旅游这篇大文章，必须有好的策划，通过强势媒体的宣传达到事半功倍的效果。

最后，龙岗必须加快条件成熟资源的开发，尽早有自己的旅游拳头产品。目前龙岗有几个大的旅游项目正在筹备，比如鹏茜国家矿山公园、冰雪大世界等，但进展缓慢，建议区政府加大支持力度，不要错失开发的宝贵时机。

鸽舞龙城　摄影：张长生

# 《赢在未来：解码龙岗旅游》编辑委员会

策　　　划：史大鹏

主　　　编：李　谦

副　主　编：叶可方、张英信

编务人员名单：傅云新、杨力民、张　艳、汪　轶、连　联、王伟超、
　　　　　　　王　果、尹　兰、房佳宁、关芳芳、吴彬彬

摄　　　影：刘　艺、刘自得、刘光中、丘子贤、李坚强、
　　　　　　　吴承然、周凤英、周　洋、张建国、张健伟、
　　　　　　　张海深、张长生、黄剑威、黄海奎、洪南明

参考文献：

1.　深圳市龙岗区旅游发展总体规划（2005-2020）
2.　深圳市旅游发展"十五"计划和2020年远景规划
3.　龙岗区旅游局2007年工作总结及2008年工作计划
4.　龙岗区旅游局2006年岗位责任目标总结
5.　2005年龙岗区旅游运行年度报告
6.　2004年龙岗区游客抽样调查综合分析报告
7.　2007粤港澳百家旅游运营商龙岗采风推介活动方案
8.　唱响"美丽大鹏湾"旅游歌曲推广活动方案
9.　百尺画卷《魅力龙岗和谐图》创作小记.孙海田
10.《龙岗旅游"入地"建议获肯定》.南方日报.2006年10月27日
11.《知名专家为龙岗建言献策》.深圳特区报.2006年12月25日
12.《龙岗也有迷人海景》.南方网.2007年6月25日
13.《深圳：春节龙岗旅游实现开门红 收入增长5％》.深圳特区报.2007年3月1日
14.《龙岗营造生态休闲旅游天堂》.深圳商报.2007年9月20日
15.《今年龙岗旅游将围绕大运会做文章》.芒果网
16.《21家企业落户临安龙岗旅游特色基地》.出国在线.2007年8月30日
17.《"大运旅游"——龙岗旅游发展新机遇》.南方日报.2007年4月3日